Jerker Virdborg – Felsland

Jerker Virdborg

Felsland

Roman

Aus dem Schwedischen
von Paul Berf

btb

Die schwedische Originalausgabe erschien 2007
unter dem Titel »Mannen på Trinisla« bei Norstedts,
Stockholm.

Mix
Produktgruppe aus vorbildlich bewirtschafteten
Wäldern und anderen kontrollierten Herkünften
www.fsc.org Zert.-Nr. SGS-COC-1940
© 1996 Forest Stewardship Council
FSC
Verlagsgruppe Random House FSC-DEU-0100
Das FSC-zertifizierte Papier *Munken Premium* für dieses Buch
liefert Arctic Paper Munkedals AB, Schweden.

1. Auflage

Satz: Uhl + Massopust, Aalen
Druck und Einband: GGP Media GmbH, Pößneck
Printed in Germany
ISBN 978-3-442-75232-4

www.btb-verlag.de

K. E. M

Wir standen auf dem Vordeck und starrten zum felsigen Ufer hinüber. Wir berieten uns lange. Jeder, der wollte, durfte seine Meinung äußern. Es gab einige, die dagegen waren. Die Taljen in der Takelage schlugen im Wind. Es gab viele, die dafür waren. Und ein ums andere Mal schlug das blaue Wasser gegen den Bug.

Gemeinsam trafen wir eine Entscheidung. Dann gingen wir auf Trinisla an Land.

Joseph D. Stevenson, The granite and the precipice, 1898

Johan wischte sich mit dem Handrücken den Schweiß aus dem Gesicht, presste die Flagge in die Halterung, kontrollierte die Achterleine und saß anschließend da und blickte eine Weile aufs Wasser hinaus.

Vor der gegenüberliegenden Anhöhe lagen ungefähr zehn Segelboote, die Rümpfe eng nebeneinander, etwas näher zur Einfahrt hin mindestens fünfzehn weitere Boote und ein größeres Schulschiff. Links davon sah man eine lange Reihe von Motoryachten, die dort auch gestern schon gelegen hatten, genau wie der Zweimaster hinter ihm. Am inneren Ende der Bucht waren undeutlich die Planen auf einer Gruppe kurzer Segelboote zu erkennen. Ab und zu hörte man es gluckern, wenn in seiner Nähe kleine Wellen gegen das Dingi oder den Plastikrumpf schlugen, vernahm man einzelne Stimmen von einem Frühstück in der Plicht gegenüber.

Er kniff die Lippen zusammen, schaute auf seine Armbanduhr – kurz nach halb zehn. Blinzelnd prüfte er die Position der Sonne. Die Wolken hatten sich im Süden aufgelöst, die Luft war bereits diesig. Er warf einen kurzen Blick auf seine Badehose, die an der Wäscheleine hing, und schaute von Neuem aufs Wasser hinaus. Das Hafenbecken zwischen den beiden langgestreckten Felswänden lag so gut wie spiegelglatt. An der Anhöhe vorne am Bug changierte das Wasser dunkelgrün, und einzelne Trauben von Lichtstrahlen schossen diagonal in die Tiefe, doch in der Mitte des Beckens bekam es eine eher türkisartige Farbe, die vom fast schon unnatürlich hellen sandigen Grund darunter nach oben zu dringen schien.

Wieder betrachtete er die Badehose. Plötzlich nahm er aus den Augenwinkeln Bewegungen in der Kajüte unter ihm wahr, vermied es jedoch hinzuschauen, fluchte stattdessen in sich hinein und stieg rasch und möglichst leise auf das Deck hinauf.

Erneut wischte er sich, seufzend, den Schweiß aus Nacken und Gesicht und blieb regungslos stehen. Nun hörte man nichts Auffälliges mehr aus der Kajüte.

Ganz langsam ließ er den Blick die Takelage an der Steuerbordseite hinaufwandern. Die vordere Want. Die beiden Clubstander. Der blauweiße, hatte sie gesagt. Du musst einmal nach ihm sehen.

Er starrte den Stander an. Er hatte sich irgendwie verhakt und in seiner eigenen Leine verheddert. Nach ihm sehen. Sicher.

Aber. Er war nicht »blauweiß«. Er war gelbblauweiß.

Seine Augen suchten ein weiteres Mal den Hafen ab. In einem der kleineren Motorboote an den Felsen auf der anderen Seite lachten Kinder. Ein kleiner weißer Hund, der zwei Boote weiter auf dem Kajütdeck döste. Und dann dort oben, wieder, er hielt sich die Hand vor die Augen, die Sonne.

Er seufzte erneut, ging zur Want, löste äußerst langsam den Befestigungsknoten an der Seerelingstütze und fierte den Stander ab, der fadenscheinig und fast vollständig mit der Leine verflochten war. Sorgsam strich er die kleine Flagge zwischen den Handtellern glatt, riss ein paar lose Fäden am Rand ab und machte mit den beiden Enden der dünneren Schnur einen neuen Kreuzknoten. Er dachte: Sie sollte ihn umnähen. Oder: Wir sollten ihn auswechseln.

Er blieb eine Weile stehen und hielt das kleine Stück Stoff in der Hand, die dicken Stiche und Linien im Logo wurden in Falten geworfen und schoben sich zwischen seine weit gespreizten Finger.

Anschließend hisste er den Stander rasch zur Saling hoch und machte die Leine fest. Hockend entdeckte er die Mineralwasserflasche, die unter dem Baum stand. Er griff schnell nach ihr, führte die Hand zum Verschluss, trat gleichzeitig auf dem heißen Plastikdeck zwei Schritte vor, worauf der Rumpf sanft schaukelte, und sah, dass das Schiebeluk halb offen stand.

Augenblicklich blieb er vollkommen regungslos stehen und lauschte, hatte die Fingerspitzen am Plastikverschluss, der sich nur wenige Millimeter über das Gewinde der Flasche bewegt hatte; der Blasenschwarm, der schnell zum Hals aufstieg, das Zischen, das bereits eingesetzt hatte – unverzüglich drehte er die Flasche wieder zu, das Zischen verschwand, die Blasen wurden gestoppt, er merkte, dass er den Flaschenhals sehr fest hielt.

Er stand still und schaute sich um. Einzelne Menschen in den Nachbarbooten, Geräusche von Leuten, die schwammen oder spazieren gingen, jedoch nicht zu sehen waren.

So vorsichtig er nur konnte, legte er den Kopf schief und lehnte ihn ein wenig zurück. Blickte – hinab. Durch das offene Luk sah man schemenhaft die Sitzbank am Tisch und ein Stück des Plastikteppichs auf dem Fußboden. Und dann – der Hosensaum, und, unmittelbar darunter, das Knie, das

Schienbein. Die Haut dort – er starrte hin – faltig. Zusammengepresst, schwarz gepunktet.

Es drangen keine Geräusche zu ihm herauf. Er lehnte sich weiter zurück, ohne dass sich das Boot deshalb bewegt hätte. Nun sah er einen Knöchel und einen Fuß, wulstige, weißliche Haut.

Er versuchte zu erkennen, ob sie saß. Oder lag? Die Zeitung aufgeschlagen?

Lautlos ging er wieder in die Hocke und lauschte. Hörte Geräusche von unten, ganz leise. Oder? War das nicht ein …?

Er stieg über die Sandalen, die am Niedergang standen, lehnte sich ganz langsam vor und schob vorsichtig den Kopf hinab.

Sie lag halb, mit geschlossenen Augen, die Brille auf der Nasenspitze. Und richtig – leises Schnarchen. Das helle Baumwollhemd hing mit seinem Aufdruck in tiefen Falten auf Brust und Bauch. In der Hand hielt sie einen Bleistift, die Zeitung war nicht zu sehen.

Er richtete sich auf. Überlegte kurz, drei, vier Sekunden.

Dann ging er ganz leise zum Bug, schaute sich um und zog an der Steuerbordleine. Als die Entfernung zwischen Bugkorb und Anhöhe weniger als einen Meter betrug, machte er einen kurzen, lautlosen Schritt, ohne die Leine loszulassen, und ließ das Boot anschließend, nur begleitet von einem vorsichtigen Murmeln im Wasser, von Land aus wieder hinaustreiben, bis er den vollständig gestreckten Tampen endlich loslassen und schnell den heißen Felshang hinaufklettern konnte.

Als er die Müllstation mit den Toiletten erreichte, stellte er sich an die Hausecke und warf erstmals einen Blick über die

Schulter. Das Boot lag vollkommen still. Und in der Plicht war von ihr nichts zu sehen. Er atmete tief durch und strich seine Haare glatt. Gleichzeitig hob auf der anderen Seite des Häuschens jemand den Türhaken nach oben, und er entfernte sich schleunigst ein wenig und schlug eine andere Richtung ein.

Er ging schnell. Über den flachen und wellenförmigen Felsen weiter draußen hing ein dünner Schleier, der sich aufzulösen schien, als er sich näherte. Er kam an fast vollständig ausgetrockneten Pfützen mit verdorrtem Gras vorbei und setzte seinen Weg über einen langen Abschnitt sandfarbener und sehr rund geschliffener Felsen fort. In der Ferne sah man vereinzelt Menschen, zwei kleinere Boote fuhren in einem Sund langsam in nördliche Richtung. Jenseits von allem erblickte man im Westen das offene Meer, intensiv hellblau, oder blaugrau, mit einer eigentümlich schimmernden Oberfläche, als wäre sie aus flüssigem Metall.

Außer Atem und verschwitzt kam er in eine Mulde hinab, stieg auf der anderen Seite wieder hoch und bewegte sich über die Anhöhe, ohne den Blick auf etwas Bestimmtes zu richten. Die Mütze, dachte er, die könnte ich jetzt gebrauchen, und er strich sich mit der Hand durchs Haar. An einer weiteren breiten Felsspalte, die steiler abfiel, rutschte er aus und blieb ein paar Sekunden auf dem Rücken liegen, ehe er sich aufrappelte und weiterging.

Die Felsen wurden mit der Zeit immer abschüssiger, und als er eine weitere kleine Erhebung überwunden hatte, entdeckte er direkt unter sich das steinige Ufer. Vorsichtig kletterte er zwischen den Felsblöcken hinab, zog sein Polohemd aus und suchte nach schattigen Stellen, jedoch ohne eine finden zu können, die ihm bequem genug erschien. Seine Augen folgten aufmerksam der Uferlinie, und er stellte fest, dass er allein war. Schließlich entschied er sich für einen flachen, dunklen Stein in der Nähe einer kleinen Klippe, saß dort eine Weile, mit den Füßen im Wasser, schaute sich nochmals um und zog dann Shorts und Unterhose aus.

Der Meeresgrund war nicht zu sehen, weshalb er sich mit den Füßen vortasten musste. Größere Steine, die vollständig mit bräunlichem Tang überwuchert waren und ihn zwangen, sich anfangs mit den Händen festzuhalten, aber dann wurde das Wasser plötzlich tiefer, und er konnte seinen Körper sachte fallen lassen. Mit dem Rücken zum Horizont ließ er seine Arme seitlich frei pendeln, tauchte seinen Nacken und anschließend den ganzen Kopf ein und spürte, wie durch Nase und Mund der Geschmack von Salz eindrang.

Mit ein paar kräftigen Schwimmzügen brachte er sich etwa zehn Meter hinaus, wo er den Körper absinken ließ, die Hände weit vor sein Kinn setzte und mit offenen Augen zum Grund hinabtauchte. Ein dichter, wehender Teppich aus Algen und Tang in Braun und Gelb und Dunkelgrün, sein Blick fiel auf einen Steinblock, auf dem in Trauben Muscheln wuchsen, und er riss einige los und drückte sie mit Schwung im Wasser von sich und stieg anschließend wieder nach oben. Als sein Gesicht die Oberfläche durchstoßen hatte, spürte er, dass die Sonne ihn sofort wärmte, und er legte sich still auf den Rücken, streckte die Arme aus und ließ sich anschließend längere Zeit ohne Körperbewegungen treiben.

Ihm wurde schnell bewusst, dass sein Unterkörper aus dem Wasser ragte, und er blickte verstohlen in beide Richtungen, konnte auf den Felsen jedoch niemanden entdecken und gönnte seinem Blick daraufhin Ruhe, richtete ihn zunächst gen Himmel und anschließend auf die steil aufsteigende Insel im Norden.

Rechter Hand war ein größeres Boot mit halb erschlafft hängenden dunkelroten Segeln auf dem Weg durch den Sund, und er verfolgte die langsame Fahrt, die das Boot immer näher an die Einfahrtrinne neben den Baken heranführte. Das Vorschiff war senkrecht gebaut worden, und der Rumpf schien nicht aus Holz und höchstwahrscheinlich auch nicht aus Plastik zu sein. Er musterte eingehend den Mast, ohne den Typ sicher bestimmen zu können. Ein Stück hinter diesem Boot sah man im Südwesten ein weiteres Boot, das Kurs auf die Insel zu nehmen schien, und den Hafen verließ zur gleichen Zeit motorgetrieben ein Segelboot, dessen Bug aufs offene Meer gerichtet war.

Er drehte sich im Wasser, schlug klatschend mit den Armen und kraulte an Land. Schon bald stießen seine Knie und Füße gegen den sehr glatten Tang auf den äußeren Steinen, und er kletterte geduckt auf einen trockenen Stein, sprang zum nächsten und erreichte schnell den Felsen mit seinen Kleidern.

Er schaute sich nochmals um und legte sich anschließend nackt auf den Rücken und spürte, wie die Wassertropfen an ihm herabliefen. Er ließ den Kopf zur Seite fallen und blickte blinzelnd zum Horizont und zur Uferlinie, schloss die Augen und sah wieder hin, immer im Wechsel.

Ihm wurde bewusst, dass er direkt auf eine seltsame Steinformation an den Felsen blickte, die klein und rund und hell war. Unmittelbar darüber gab es eine andere, spitzere Form, eher einem Winkel gleichend. Er war schläfrig, schloss erneut die Augen und lag eine Zeit lang still, ehe er sie wieder öffnete.

Der winkelartige Stein hatte sich ein wenig zur Seite bewegt.

Er wischte sich die Augenwinkel trocken und setzte sich vorsichtig auf.

Der Winkel war ein Knie. Das Runde und Helle eine nackte Brust. Er senkte den Blick. Sah wieder hin. Das Gesicht war verdeckt, der Körper lag auf dem Rücken.

Er sah Haare, Schoß, Bauch, beide Brüste.

Er griff nach seinem Hemd und legte es sich lautlos über den Schritt. Die Frau rührte sich nicht. Er stemmte sich ein wenig vom Stein hoch und stellte fest, dass ihr Gesicht von einem hellen Tuch bedeckt war.

Er blieb eine Weile still sitzen und blickte aufs Wasser hinaus. Dann zuckte er mit den Schultern, fluchte, nahm das Polohemd weg und breitete sich auf dem Stein aus. Kleine Wellen schlugen gegen die Steine vor ihm, und er vergewisserte sich, dass seine Kleider in Sicherheit lagen.

Er benetzte sein Gesicht mit Wasser und schüttelte die Beine ein wenig. Sie bewegte sich erneut, ihr Arm fuhr durch die Luft, dann rührte sie sich wieder nicht. Er schüttelte den Kopf und schluckte, kniff die Augen zu.

Sie musste ihn gesehen haben, als er im Wasser gewesen war. Trotzdem hatte sie sich nicht bedeckt. Vielleicht war sie aber auch erst später gekommen, als er schon wieder heraus war, und hatte ihn nicht gesehen, nicht gehört. Und daraufhin hatte sie sich dorthin gelegt, einfach so.

Das Gesicht schräg in ihre Richtung gewandt, drehte er sich auf die Seite und zog die zusammengefalteten Shorts unter seinen Nacken.

Anschließend sah er ein letztes Mal hin, schloss die Augen ganz fest und ließ sie fortan zu.

»Bou-dum.«

Ein sehr kräftiger, dumpfer und gleichsam stummer Laut, irgendwo weit weg. Er rieb sich mit der flachen Hand übers Gesicht, spuckte aus und setzte sich auf, es pochte heftig in seinem Kopf, und an Rücken und Schultern spannte die Haut. Schnell hob er den linken Arm, warf einen Blick auf sein Handgelenk, erkannte, dass es nackt war, fluchte. Er schöpfte Wasser und spritzte es auf seinen Bauch, fluchte erneut – *die Mütze* –, warf eine Faust kleiner Steinchen durch die Luft und ließ den ganzen Körper mit schnellen Bewegungen neben dem Stein ins Wasser sinken. Immer noch verschlafen, spürte er, wie ihn das seichte, laue Wasser umschloss, dass sich die Haut zusammenzog und die Steine unter dem Tang scharf waren, ihn jedoch nicht schnitten.

Er warf einen Blick auf den anderen Felsen. Er war leer. Anschließend blieb er noch kurz liegen, stieg dann aus dem Wasser, sah in die Sonne, raffte seine Kleider zusammen und zog sie an.

Wie lange hatte er hier gelegen?

Den Anstieg an den kleinen Felserhebungen vorbei bewältigte er schnell, doch als er zu dem langen Abschnitt mit den wellenförmigen Felsen zurückkam und hinten im Hafen die ersten Masttopps auftauchten, war ihm auf einmal schwindlig, und er musste deutlich langsamer gehen.

In einiger Entfernung hörte man an der Anhöhe immer wieder Gelächter und Rufe, und Lina sah senkrecht ins Wasser zwischen den Eimern hinab, sprach mit kurzen Pausen und zog mehrfach an Annes Hand.

»Von da drüben kommen bestimmt so graue, guck mal, wie ich die zermatsche.«

Anne setzte sich neben den weißen Eimer und rührte mit der Hand im Wasser, so dass der Tang, den sie hineingelegt hatten, zu Boden sank.

»Es ist so heiß«, sagte sie.

»Aber du hast es versprochen.«

»Ja, ja. Ich gucke ja.«

Lina hob einen Stein auf und schlug eine weitere dunkle Schnecke kaputt.

»Man muss sie supersupergut zermatschen«, und sie schaute zum Rand des Steins, auf dem sie standen. Dann zupfte sie den weichen Körper aus der zerbrochenen Schale, knipste den Schwanz ab, senkte ihn unter Wasser und zerrieb ihn zwischen den Fingern. Das fleischige Mus wurde augenblicklich zu kleinen braunen Schleiern, die sich rasch völlig auflösten. Sie bewegte ihre Hand, spürte Annes Beine direkt hinter ihrem Rücken, hörte in der Nähe neuerliche Rufe und starrte gleichzeitig auf das Gewirr aus Steinen, Sand, Tang und Shrimps, die zusammenzuckten und verschwanden oder abwarteten.

Kurz darauf zeigten sich am Grund eine gelbbraune und zwei graue Krabben.

»Guck, jetzt sind sie überall«, sagte Lina, »jetzt guck, ich hab keinen Kescher, keine Schnur!«

»Das hast du schon gesagt.«

Lina nickte, legte die Hand auf den Rand des Steins und ging vorsichtig näher zu der gekräuselten Oberfläche hinab. Sie hielt den Zeigefinger an die Lippen.

»Sie *hören* einen!«, flüsterte sie, während sich die Krabben ihrem Köder näherten. »Du musst mucksmäuschenstill sein! Und du darfst auch keinen Schatten werfen!«

Anne lächelte und schüttelte den Kopf. Lina brachte sich auf den Knien in Position, hob die Hand, sah eine der grauen Krabben an einem Stein vorbei rasch näher kommen, dann ein paar Sekunden stillstehen und anschließend geradewegs zu den Überresten der Schnecke gehen, die langsam über den Grund trieben.

»Jetzt!«, sagte Lina und schob ihre Hand fest ins Wasser, der Grund wurde aufgewühlt, das Wasser trübte sich, und ihre Hand tauchte wieder auf – sie grinste, hielt die Hand noch geschlossen, streckte sie jedoch Annes Gesicht entgegen.

»Und, was sagst du jetzt?«

Sie lockerte den Griff ihrer Finger, packte den Rückenpanzer der Krabbe und hielt sie so hoch, dass sich Beine und Scheren im Sonnenlicht spreizten.

»Hab ich das nicht super gemacht? Nur mit der Hand,

sonst nichts! Ohne Kescher! Guck, ich kann sie total leicht halten!«

»Echt klasse«, meinte Anne leise lachend und sah zu, als Lina die Krabbe in den Eimer fallen ließ, wo sie sofort anfing, immer im Kreis zu laufen.

»Guck mal, da kommt eine, die noch was größer ist!«

Gleichzeitig hörte man direkt hinter dem nächstgelegenen Felsen Stimmen und neuerliches Wasserklatschen. Lina hielt inne, Wasserspritzer flogen durch die Luft.

Fünf oder sechs Jungen; sie waren älter, sie schwammen umher oder lagen auf einem Surfbrett, das sie langsam durchs Wasser schoben.

»Hallo, ihr da drüben!«, rief ein dunkelhaariger Junge.

Anne antwortete nur mit einem kurzen »Hi«.

»Hallo«, sagte Lina.

»Was macht ihr denn da?«, erkundigte sich der Junge lächelnd.

Lina seufzte und räusperte sich.

»Ihr stört.«

»Hä?«

»Ihr stört! Wir fangen hier doch Krabben!«

Sie streckte zeigend den Arm aus. Die Jungen lachten, und einer von ihnen rutschte auf das Brett und warf einen anderen Jungen mit kurzen blonden Haaren ins Wasser.

»Okay, wir werden euch nicht weiter … *stören*«, erklärte der Dunkelhaarige und begann, zwei der anderen mit Wasser zu bespritzen, während er den Blonden gleichzeitig unter Wasser drückte.

»Habt ihr hier übrigens einen total bescheuerten Typen mit einem Wahnsinnssonnenbrand vorbeigehen sehen?«

»Nee«, sagte Lina.

»Er heißt Paul. Wenn ihr ihn seht … dann sagt ihm nicht, wo wir sind!«

Die anderen lachten. Der Dunkelhaarige ließ das Brett los und schwamm näher an die Steine heran.

»Sagt mal, bleibt ihr noch bis heute Abend?«

»Wie meinst du das?«

»Bleibt ihr bis heute Abend auf der Insel?«

Lina sah Anne an, die mit den Schultern zuckte.

»Wir wollen heute Abend nämlich ein bisschen feiern«, sagte er. »Da drüben. Da kann man grillen.«

Er streckte den Arm aus und sah Anne an.

»Aha«, erwiderte die.

»Ja also … wenn ihr kommen wollt, seid ihr jedenfalls herzlich eingeladen.«

Lina wandte sich Anne zu, aber keine von ihnen sagte etwas. Der Junge grinste und kehrte zu den anderen beim Brett zurück, sie bespritzten sich und taten eine Weile, als würden sie miteinander kämpfen. Unter Johlen und Lachen bewegten sie sich schließlich langsam in die Richtung zurück, aus der sie gekommen waren.

Als sich das Wasser wieder beruhigt hatte, seufzte Lina, sank auf die Knie und hielt ihre Nase ganz dicht über die Wasseroberfläche.

»Jetzt haben sich natürlich alle versteckt! Nur wegen denen da! Guck, keine Einzige!«

Anne saß regungslos neben ihr und schaute dann ins Wasser.

»Aber weißt du was, die Schnecke ist ja auch weg. Es liegt bestimmt daran.«

Lina zertrümmerte schnell eine neue, zermatschte den

Schwanz, verteilte die Pampe im Wasser und legte den Rest auf den Grund.

»*Jetzt* schnapp ich mir eine größere, aber du musst mir versprechen, dass du dann guckst.«

»Ja!«

Anne schaute sich um:

»Aber danach müssen wir schwimmen gehen oder was anderes machen.«

»Danach, okay. *Danach.*«

Eine sehr kleine Krabbe mit der gleichen Farbzeichnung wie der Grund, Lina fing sie und hielt sie fest. Die kleinen Scheren fanden keinen Halt an den Runzeln auf ihren nassen Fingerspitzen, sie warf das Tier in den Eimer, schlug weitere Schnecken und eine Miesmuschel kaputt, entfernte die Schalen, räumte eine neue Stelle auf dem Grund frei und bestückte sie.

»Jetzt muss aber bald mal eine größere kommen.«

»Hat Papa gesagt, dass wir um eine bestimmte Uhrzeit zurück sein sollen oder so?«

»Jetzt sei doch mal still!«

Lina lag halb und spähte in den Tang hinab. Sie hörte Anne seufzen.

»Du hast es mir versprochen«, sagte Lina.

Anne antwortete nicht. Lina wartete und drehte sich dann um.

»Du hast versprochen zu gucken!«

»Ist ja gut, ich sitz doch hier!«

»Aber du guckst ja gar nicht!«

Anne lehnte sich näher heran und schaute ins Wasser hinab, und Lina blickte verstohlen zu ihr hinüber und sah, dass Annes Augen auf die richtige Stelle gerichtet waren.

Zwischen den weiter draußen liegenden Steinen wuchsen grasähnliche Algen, die in der schwachen Strömung gleichsam winkten, Lina lag starr und angespannt und suchte alle Spalten und Winkel in ihrem Blickfeld ab.

»Warum kommen denn jetzt keine?«

Sie spähte noch eine Weile. Lina spürte die Sonne in ihrem Nacken wärmen und brennen.

»Jetzt müssen wir aber wirklich bald schwimmen gehen«, erklärte Anne.

»Warte. Bitte warte. Nur noch ein bisschen.«

Anne hielt Lina die Armbanduhr hin.

»Na schön, noch zwei Minuten.«

»Okay, zwei Minuten«, lächelte Lina, »in den nächsten zwei Minuten kommt ganz bestimmt eine. Weißt du, was ich in einem Buch in der Schule gesehen habe? Es ist nämlich so, dass man unten bei ihnen sehen kann, ob es ein Junge oder ein Mädchen ist, denn wenn da so ein rundes Ding ist, dann ist es ein Mädchen, aber wenn das Ding spitz ist, dann …«

»Sieh mal *da*«, unterbrach Anne sie und zeigte auf den Grund. Lina zuckte zusammen.

Eine sehr große rötliche Krabbe kroch geradewegs auf die Muschel zu. Ihre Scheren waren ungewöhnlich dick, die Beine behaart, und ihre schwarzen Augen standen weit vom Kopf ab. Lina hielt auf einmal beide Hände hinter den Rücken.

»Guck mal!«, sagte Anne, »die hat ja eine Seepocke auf dem Rücken, die wächst da oben! Siehst du das? Können die so was haben? Aber nun *schnapp* sie dir doch!«

Lina stand auf, starrte auf den Krabbenkörper, der bedächtig über den Grund zu gleiten schien, sah anschließend rasch weg. Anne saß immer noch vorgebeugt und schaute hinab.

»Aber willst du sie denn nicht … fangen?«, sagte Anne. »Jetzt verschwindet sie ja gleich. Sie schnappt sich doch die Schnecke!«

Lina sprang auf den nächsten Stein und kniff den Mund zu. Anne drehte sich um.

»Was ist denn?«

Anne stand auf und trat näher.

»Hast du nicht gesagt, du willst eine große fangen?«

Lina schüttelte den Kopf und blickte zu den Felsen und zum Himmel hinauf. Anne trat zu ihr und legte ihr eine Hand auf die Schulter.

»Aber … was ist denn?«

Lina lehnte sich gegen Anne, schlang die Hände um ihren Rücken, presste das Gesicht in ihre Bluse, spürte Annes Brüste und drückte weiter, und dann flüsterte sie, wobei sie merkte, dass die Bluse nass wurde.

»Was hast du gesagt?«, fragte Anne.

»Keine so … große … keine rote … das kapierst du ja wohl«, flüsterte Lina erneut und schauderte.

Anne umarmte sie und strich ihr über den Rücken.

»Aber …«

Sie verstummte. Lina verharrte, löste dann sacht einen Arm und wischte ihre Wangen trocken, zog die Nase hoch.

»Die roten sind gefährlich.«

»Hä …?«

Lina ließ ihre Hände auf Annes Rücken liegen.

»Die roten sind so welche, die … Man kann seine Finger verlieren, die haben so große Scheren, die können knipsen, die sind stärker. Und total böse.«

Lina presste ihr Gesicht in Annes Achselhöhle. Sie standen still und umarmten sich einen Moment, bis Lina zu der

Anhöhe und den Klippen hinter Anne aufsah und gleichzeitig spürte, dass ihre Hände wehtaten, ihre Beine juckten. Sie lockerte ihren Griff ein wenig, und Anne sah sie an.

»Wir sollten vielleicht ... bald zurückgehen«, meinte Anne. »Wir sollten was trinken. Und *schwimmen gehen.*«

Sie umarmte Lina besonders fest, wischte ihr das Gesicht ab, drehte sich um und stieß den Eimer an, so dass Wasser auf den Stein spritzte. Sie betrachtete die Krabben, den Tang und sah anschließend Lina an.

»Sollen wir die nicht wieder freilassen?«

Lina zählte die Krabben sorgsam durch, neun, und musterte anschließend lange die drei kleinsten.

»In dem Eimer ist es viel zu warm für sie«, sagte Anne. »Wir sollten sie wieder ins Wasser kippen.«

Lina schloss die Augen, wartete, nickte dann und hörte, dass Anne vorsichtig die Eimer neigte, und sah aus den Augenwinkeln, wie die kleinen kantigen Körper mit zappelnden Bewegungen Richtung Grund verschwanden.

»Bou-dobou-buum!!«

Vom Hafen her, beide wandten sich um, ein schwerer, eigentümlicher und hallender Laut, und unmittelbar darauf Männerstimmen in der Luft, jemand rief etwas, mehrere riefen, und Lina trat zu Anne und packte ihren Arm so fest, dass Anne den Eimer fallen ließ.

Sie lauschten, noch immer Stimmen, aber leiser, Lina presste sich gegen die Bluse, Anne stand mit abgewandtem Gesicht, stand seitlich und schaute zu all den Booten hinüber.

Als Gesteinsart ist der Bohusgranit bezüglich seiner mineralogischen und chemischen Zusammensetzung verhältnismäßig einheitlich – er besteht in der Hauptsache aus Quarz, Alkalifeldspat und Plagioklas. Die Oberfläche ist zumeist gleichmäßig körnig in fein- bis mittelkörnigen Varianten und die Farbe in der Regel rotgrau oder graurot.

Messungen der Radioaktivität haben ergeben, dass der Bohusgranit relativ reich an Uran und Torium ist. Als Folge der somit hohen Wärmeentwicklung sind bei Bovallstrand und Hamburgsund Versuche zur Gewinnung von Felswärme durchgeführt worden /…/ Der Bohusgranit ist vor circa 950 Millionen Jahren entstanden und bildet von Lysekil im Süden bis zur norwegischen Grenze im Norden ein großes zusammenhängendes Massiv, eine zwei bis sieben Kilometer dicke, mächtige Platte, die nach Osten hin flach abfällt. /…/ Der Granit ist in der Provinz Bohuslän seit Jahrhunderten in ei ner Vielzahl von Steinbrüchen gewonnen worden, um in Form von Pflastersteinen, Ornamentsteinen, Treppenstufen, Monumentsteinen und Ähnlichem Verwendung zu finden. Der Abbau ist allerdings stark rückläufig, so dass heute nur noch wenige Steinbrüche existieren. /…/ Vielerorts durchziehen dunkle Adern in nordnordwestlicher oder nordsüdlicher Richtung den Granit in Bohuslän. Diese Adern bestehen häufig aus schwarzem oder grauschwarzem Diabas mit charakteristisch matter Oberfläche oder aus mächtigen Leisten bläulichen Rhombenporphyrs.

Lennart Hedin, Die geologische Entwicklung Schwedens, 1995

Johan wurde bewusst, dass er sich in einem vorsichtigen Zickzackkurs über die Felsen bewegte. Nachdem er eine nahezu ebene Fläche auf der Anhöhe hinter sich gelassen hatte, entdeckte er in der Gesäßtasche der Shorts seine Armbanduhr. Die glänzenden Zeiger standen auf zehn Minuten vor zwölf. Wann hatte er das Boot verlassen?

Er beschleunigte seine Schritte und versuchte, seinem Kopf Schatten zu spenden, während er den Blick auf den kleinen Anstieg an der Müllstation gerichtet hielt. Als er sie schließlich erreichte, stellte er sich in den Schatten und blickte auf den Hafen hinab.

Auf der einen Seite des Hafenbeckens waren drei Männer damit beschäftigt, mehrere längere Seile zu verknoten. Sie unterhielten sich mit lauten Stimmen und schienen zu lachen.

Auf der anderen Seite standen eine Reihe von Erwachsenen und Kindern und streckten zeigend den Arm aus.

Ungefähr in der Mitte des Beckens lag reglos ein Segelboot im grünlichen Wasser. Die Schoten hingen schief und lose zwischen Baum und Stag, und das ganze Boot neigte sich auffällig stark nach Steuerbord. In der Plicht standen drei jüngere Männer und gestikulierten mit einer kleinen Seekarte zwischen sich, zwei von ihnen lehnten sich von Zeit zu Zeit über die Reling und schauten am Rumpf entlang nach unten, einer von ihnen hielt einen Bootshaken in der Hand.

Johan schielte zu den Booten an der weiter entfernt liegenden Anhöhe hinüber.

Da. War es. Sah man sie in der Plicht? Nein.

Er wartete noch einen Moment und ging dann langsam auf direktem Weg zum Wasser hinab. Dort stand ein rundlicher Mann und betrachtete das schief liegende Boot. Johan erkannte ihn, es war der Skipper an Bord des Zweimasters.

»Und«, sagte Johan mit einem flüchtigen Lächeln, »was tut sich hier?«

Der Mann lachte glucksend und holte Luft. Sein Gesicht war rot verbrannt, auf seiner Stirn stand Schweiß.

»Gute Frage!« Er lachte kurz. »Ich habe zufällig hier gestanden und alles gesehen. Die müssen tüchtig aufgesetzt haben.«

Er sprach schnell und rauchte einen Zigarillo. »Das Ganze sah nun wirklich ein bisschen komisch aus.« Er zeigte in die Bucht hinein. »Das da ist zuerst gekommen.«

Johan entdeckte, dass am inneren Ende der Bucht, hinter zwei kleinen Motorbooten, ein größeres Segelboot lag. Es hatte dunkelrote Segel, die ein kleiner Mann soeben auf dem Vordeck festmachte. Johan erkannte, dass es sich um das Boot handeln musste, das er vorhin im Sund gesehen hatte.

»Ich verstehe nicht ganz«, sagte der Mann, »wie es so weit reinfahren konnte, es müsste doch eigentlich einen ganz schönen Tiefgang haben.« Daraufhin zeigte er wieder auf das schief liegende Boot. »Die da wollten ihm anscheinend in die Bucht folgen, aber wo das erste Boot problemlos drübergegangen ist, sind die glatt auf Grund gelaufen, und zwar mit voller Wucht.« Er kicherte erneut. »Und jetzt sitzen sie fest. Vielleicht sollten wir ihnen ja auch helfen, was?«

Im gleichen Moment warf ein Mann auf der anderen Seite den drei Männern in der Plicht mit einer kräftigen Armbewegung ein langes Seil zu. Das Tauende landete einige Meter neben dem Heck im Wasser, und der Mann an Land holte es wieder ein und machte einen neuen Versuch.

»Nee«, meinte der dicke Mann und warf einen Blick auf sein Handy, »die kommen schon allein zurecht. Obwohl ich wirklich nicht weiß, ob das in der Karte verzeichnet ist. Soweit ich weiß, soll es da verdammt noch mal keine Untiefe geben.«

Johan betrachtete erneut das Boot mit den roten Segeln, musterte die Takelage.

»Aber … wie zum Teufel ist er denn bis dahinten gekommen? Das Ding ist doch mindestens fünfunddreißig Fuß lang, oder?«

Der Dicke nickte.

»Wohl wahr … tja, jedenfalls ist es, wie soll ich sagen – schon ein bisschen beeindruckend gewesen, es zu sehen. Er hatte nämlich nur das Vorsegel gesetzt und ist dann schnurstracks über die Untiefe, also ganz ohne Motor, jedenfalls habe ich keinen gehört. Und dann hat er allen in den kleinen Booten dahinten zugerufen, sie sollten ihre Achterleinen sacken lassen, damit er drüberkommt. Und dann haben die nur gelacht und gerufen, du musst wenden, hier ist das Wasser ganz seicht, es ist zu seicht, aber das hat ihn nicht weiter interessiert, und sie haben dagestanden und eine Zeit lang hin und her gerufen, und am Ende haben sie die Leinen lose hängen lassen, und dann ist er drübergesegelt und bis zu dem

Fels – tja, und alles ohne Motor.« Er nahm einen tiefen Zug von seinem Zigarillo und warf ihn anschließend ins Wasser. »Und dann ist das andere Boot gekommen, und die Jungs haben natürlich gesehen, welchen Kurs das erste genommen hat, und wollten es genauso machen. Und dann sind sie …«, er schlug mit der flachen Hand im rechten Winkel gegen die andere, »draufgeknallt!« Er lachte erneut. »Immer wieder ein schöner Anblick. Wenn Typen wie die da auf Grund laufen!«

Johan lächelte, und sie sahen schweigend zu, wie die Männer in dem Boot das aufgefangene Seilende am Großfall befestigten und es anschließend hissten. Die Männer an Land bekamen grünes Licht und begannen kräftig zu ziehen, so dass der Mast ruckte und das Boot mehrfach zur Seite pendelte.

»Doch, die kommen schon wieder frei«, lachte der Mann. »Irgendwann jedenfalls. Verdammt, ist das heiß.« Er spuckte aus, warf erneut einen Blick auf sein Handy und drehte sich um. »So, jetzt habe ich aber ein bisschen was zu erledigen … Tschüss.«

Johan blieb stehen und betrachtete das schaukelnde Boot, auf dem einer der Männer halb über der Reling hing und mit der Spitze des Bootshakens gegen den Grund drückte, ohne dass sich der Rumpf von der Stelle zu rühren schien. Auf den Felsen und in zahlreichen Plichten saßen Leute, die das Geschehen verfolgten, ab und zu hörte man Stimmen und leises Lachen.

Er ging langsam über die Anhöhe zurück, kam dem Zweimaster immer näher, wo der dicke Mann soeben an Bord ging. Und hinter diesem, es waren keine fünfzehn Meter mehr, dort, ja – war sie jetzt irgendwo zu sehen?

Nein. Das Boot lag dort noch wie zuvor. Ehe er an Bord ging, blieb er längere Zeit stehen und ließ den Blick langsam zwischen Beplankung und Wanten pendeln. Rollfock, Reling und Wasserlinie. Ausreichend gestreckte Seile am Bug. Die Achterleine gespannt. Der Rumpf fast vollkommen still. Die Fender in der exakt richtigen Höhe. Der rotschwarze Pfeil des Windex am Masttopp.

Und dann weiter unten, wo die Stag steuerbord auf die Saling stieß: der kleine gelbblauweiße Stofffetzen, der in der nahezu unmerklichen Brise eigentümlich langsam vor- und zurückgeklappt wurde.

»Guck mal, jetzt ist es ein bisschen höher«, sagte Lina und zeigte auf das Wasser, das die großen Steine umgab, die allesamt einen Kranz aus getrockneten grünen Algen hatten.

Sie drängte sich vor Anne und tat mit den leeren Eimern in den Händen, als balancierte sie im Laufschritt über die lange Reihe von Steinen, die zur anderen Seite hinüberführten.

»Bin ich nicht ein bisschen … *formidabel*?«, sagte sie mit gekünstelter Stimme, und Anne lachte hinter ihr leise, und dann waren sie drüben.

Sie gingen über glatt und rund geschliffene Felsen, die flachen Schüsseln glichen. Lina lief auf einmal zu einer von ihnen und hob einen runden und glänzenden Gegenstand auf.

»Schau mal, eine Uhr!«

Sie sahen sich den Fund genauer an. Ein kleiner runder Gegenstand mit Tafel und mehreren Zeigern hinter dickem Glas mit Sprüngen, das Ganze umschlossen von einem Gehäuse aus Metall mit Kratzern und kleinen Dellen auf der Rückseite.

»Die scheint aber kaputt zu sein«, meinte Anne.

Lina senkte die Stimme.

»Wir nehmen sie trotzdem mit!«

Anne lächelte, während sie weiter die kleine weiße Tafel musterten, auf der man Kreise, Schriftzeichen und Linien sah. Es gab vier Zeiger, einer bewegte sich, einer der anderen war angewinkelt. Lina strich mit dem Fingernagel über die Sprünge im Glas.

»Jetzt komm schon.«

Anne antwortete nicht, schaute sich nur um. Sie standen an einem kurzen Steinwall, der zu einem schweren Felsblock führte. Um das obere Ende des Blocks war ein helles Seil geschlungen, das hinter einem wesentlich größeren Felsen daneben verschwand.

Auf der anderen Seite lag ein großes Boot mit roten, eingeholten Segeln, eng eingeklemmt zwischen zwei Felswänden. Inmitten der Steine in der Nähe des Bugs stand ein kleiner Mann, der ihnen den Rücken zukehrte, und blickte zu Boden. Er bewegte den Kopf ein wenig, machte ein paar Schritte, schaute weiter auf die Steine hinab.

Ganz langsam gingen sie an ihm vorbei, der Mann sah auf, nickte ihnen gleichsam zu und ging anschließend weiter vorgebeugt zwischen den Steinen umher.

Lina flüsterte:

»Jetzt komm schon! Was tust du denn?«

Sie waren auf ein flaches Felsplateau unmittelbar daneben hinaufgestiegen. Anne hatte ihr den runden Gegenstand abgenommen und war stehen geblieben, während sie den kleinen Mann beobachteten.

»Sei still.«

»Aber dann komm jetzt doch!«

Anne hielt Lina mit der Hand zurück, streckte das Metallgehäuse nach vorne und hob die Stimme:

»Hallo!«

Der Mann blickte von Neuem auf.

»Haben Sie … etwas verloren?«, sagte Anne.

Der Mann trat näher, seine Stirn war ungewöhnlich faltig.

»Idiot! Ich will die haben!«, flüsterte Lina, aber Anne schob sie zur Seite.

»Ja also, das Ding hier haben wir da drüben gefunden …«, sagte Anne.

»Oh, ihr habt …«

Der Mann kam ihnen entgegen, nahm den Gegenstand, atmete hörbar auf.

»Danke. Vielen herzlichen Dank«, sagte er und untersuchte ihn. »Was für ein Glück.« Er wog das runde Gehäuse in der Hand. »Großes Glück. Dass ihr ihn gefunden habt. Recht herzlichen Dank.«

Er nickte ihnen mehrmals freundlich zu.

»Das Ding war schon so, als wir es gefunden haben«, sagte Anne, »ich meine das Glas …«

»Das hat schon lange Sprünge«, antwortete der Mann. »Es ist nicht jetzt kaputtgegangen.«

Er lächelte und griff sich an eine Tasche mit Knopf an seinem Hemd.

»Aber du …«, sagte Lina laut und merkte, dass Anne sich umdrehte und sie ansah. Auch der Mann schaute zu ihr hin.

»Na ja, also ich hab das Ding nämlich gefunden«, sagte Lina, »und ich hab nur überlegt: Was ist das eigentlich?«

Der Mann schmunzelte.

»Ist es eine Uhr?«, sagte Lina.

Er betrachtete den Gegenstand in seiner Hand und schloss

die Finger darum, um ihn anschließend vorsichtig in seine Hemdtasche gleiten zu lassen.

»Ich finde ja, es sieht aus wie eine Uhr, aber Anne fand das nicht.«

Der Mann ließ den Blick über die Insel hinter ihnen schweifen, schaute dann in den Himmel und sah anschließend Anne und zuletzt Lina an.

»Nein«, sagte er sehr leise, »nein, nicht wirklich. Obwohl, in gewisser Weise«, er zwinkerte Lina zu, »ist es schon eine Art Uhr. Wenn auch keine gewöhnliche.«

Daraufhin drehte er sich um, ging langsam zum Bug seines Boots und hantierte mit einem Stoffsack.

Anne und Lina sahen sich einige Sekunden an, der Mann wandte ihnen den Rücken zu, schließlich seufzte Lina und lief ein paar Schritte weiter.

»Sollen wir jetzt um die Wette schwimmen?«, sagte sie.

»Ja«, antwortete Anne, aber ehe sie sich von der Stelle rühren konnte, kam von dem Mann, der laut, aber sehr langsam sprach:

»Springt aber nicht rein.«

Sie blieben stehen. Er hatte sich wieder zu ihnen umgedreht und sah sie mit ernster Miene an, als er sagte:

»Rund um diese Insel gibt es unter Wasser viele Steine. Also springt nicht ins Wasser. Falls ihr schwimmen gehen wollt.«

Anne und Lina sahen ihn nickend an, er stand nicht mehr in ihre Richtung gewandt.

»*Seid sehr vorsichtig*«, sagte der Mann. »Viele Steine. Die man nicht sieht.«

Anne und Lina sahen sich an und gingen rasch davon.

Während sie den Hang hinaufkletterten, lachte Lina auf.

»Der war irgendwie komisch, hast du gesehen, wie er ausgesehen hat?«, und Anne nickte.

»Ist dir das Boot aufgefallen? Das war echt merkwürdig!«

Lina flüsterte:

»Seid sehr vorsichtig.«

Sie lachten weiter und sahen im gleichen Moment, dass zahlreiche Menschen am Ufer standen und ein Boot anstarrten, das ganz schief und allein mitten im Hafenbecken lag. Lina verstummte und sah genau hin, während ihr Blick gleichzeitig zwischen den vielen Masten entlang der Anhöhe weiter hinten suchte, bis sie schließlich den silbrig kurzen fand und ein Stück vorlief.

Als sie die kleine Leiter am Bug fast erreicht hatte, drehte sie sich um und sah Anne näher kommen. Weiter hinten standen einige Männer mit einer Menge Seile, die sie verknoteten und auswarfen. Lina sah zu und ließ Anne als Erste an Bord steigen, das Deck war schmutzig, sie stiegen in die Plicht hinab und stellten die Eimer ab.

Ihr Vater saß in der Kajüte am Tisch, das Radio lief, Lina setzte sich aufs Deck, hörte Annes Stimme durch die offene Luke.

»Warum stehen da so viele Leute?«

»Ein Boot ist auf Grund gelaufen«, hörte sie die Stimme ihres Vaters. Lina versuchte herauszuhören, wie sie klang, und wartete darauf, dass er noch etwas sagte.

Es wurde still, im Radio lief Musik, und Lina stand auf und sah durch die Luke, dass Anne im Vorpiek in den Kleidern wühlte.

»Wir gehen jetzt zur Badestelle.« Annes Stimme wurde

lauter. »Willst du den himbeerroten oder den dunkelroten mitnehmen?«

»Der dunkelrote *ist* der himbeerrote!«, rief Lina.

»Von mir aus, aber willst du ihn haben?«

»Nee!«

Der hellrote Badeanzug flog aufs Vordeck.

Ihr Vater machte eine kurze Bemerkung, und Anne kletterte geschmeidig durch die Öffnung des Schiebeluks hinauf. Auf der Anhöhe weiter hinten standen die Männer und zogen fest an dem langen Seil.

»Guck mal, er geht direkt in den Himmel!«, sagte Lina und zeigte auf den Mast und das Boot an der Untiefe.

Sie blieben eine Weile stehen und betrachteten das krängende Boot, die Männer an Bord riefen etwas, und die anderen an Land antworteten ihnen mit Gelächter.

»Wie kann denn da überhaupt eine Untiefe sein«, meinte Lina, »das ist doch total bescheuert, mittendrin eine Untiefe zu haben, oder nicht?«

Anne antwortete, dass sie jetzt gehen werde, und daraufhin sprangen sie an Land, stiegen über mehrere Leinen, die an Heringen im Fels befestigt waren, gingen einem Ölfleck aus dem Weg und schauten zu ihrem eigenen Boot zurück. Am Rumpf sah man grünliche Flüssigkeit aus dem kleinen Loch unter der Wasseroberfläche sickern, dass die Flüssigkeit sich langsam auflöste und das Klare und Reine darunter verfärbte.

Lina rannte über die fast flachen, hellrosafarbenen Felsen, bis sie weit hinter sich Annes Stimme hörte, die ihr zurief, sie solle warten.

Lachmöwe (*Larus ridibundus*)

Kennzeichen: Braunschwarzer Kopf. Heller, blaugrauer Rücken, ansonsten weiß. Das Auge teilweise von einem schmalen weißen Rand umgeben.

Ruf: Rau oder heiser. »Kwerr« oder »war-war«.

Nahrung: Sehr variabel. Insekten, kleine Fische, Krustentiere, Larven, Ameisen, Abfälle.

Sonstiges: Aktiv und lebhaft. Tritt meistens in Schwärmen auf, auch während der Brutzeit. Mehrheitlich Zugvögel.

Mantelmöwe (*Larus marinus*)

Kennzeichen: Weißer Hals und Kopf. Schwarzgraue Flügel. Roter Fleck unter dem kräftigen gelben Schnabel. Rosa Beine.

Ruf: Ein klangvolles und dumpfes »mra-o«. Ansonsten eher still.

Nahrung: Sehr abwechslungsreich. Tote Fische, Abfälle, Eier, Küken.

Sonstiges: Stand- oder Strichvogel. In Anbetracht der Größe ein geschickter Flieger.

Flussseeschwalbe (*Sterna hirundo*)
Kennzeichen: Gespaltener Schwanz. Roter Schnabel. Schwarze Kopfkappe, ansonsten weiß mit hellen, blaugrauen Flügeln.
Ruf: Ein kreischendes »krih-ärr« oder »krih-ää«.
Nahrung: Insekten, Krustentiere, kleine Fische.
Sonstiges: Leicht reizbar. Fängt Fische im Sturzflug. Zugvogel mit Winterquartier im südlichen Afrika. Hat keine natürlichen Feinde. Kann 20 Jahre alt werden.

Roland Kersson, Unsere schwedischen Vögel, 1993

Johan sah zu, dass sein Bein kräftig den Bug beschwerte, wodurch das Boot ein wenig schaukelte, als er an Bord ging. Er bewegte sich mit lauten, plumpen Schritten über das Vordeck und setzte sich ganz hinten in die Plicht, ohne sofort einen Blick in die Kajüte zu werfen.

»Schön, dich zu sehen«, sagte sie.

Er blieb einen Moment sitzen und dachte nach, ohne etwas zu erwidern. Was war das für ein Tonfall in ihrer Stimme gewesen? Er war sich nicht sicher und beschloss, ihr keine direkte Antwort zu geben.

»Ich habe …«, sagte er nach einer Weile und wusste dann nicht, wie er weitermachen sollte.

Sie machte gerade etwas im Schott, er konnte nicht sehen, was, sie sagte etwas.

»… und das Wasser ist auch bald alle«, fuhr sie fort. »Glaube ich jedenfalls. Oder mit der Pumpe stimmt mal wieder was nicht.«

»Es ist so *furchtbar* heiß«, platzte er heraus und strich sich mit der flachen Hand über das Gesicht.

»Ja, es liegt bestimmt an der Pumpe«, sagte er danach schnell, wobei er seufzte, und drehte sich um, denn aus einiger Entfernung schallte eine Art seltsamer Applaus herüber. Das auf Grund gelaufene Boot schien freigekommen zu sein, die Männer an Bord wandten sich einander zu, ballten die Fäuste und lachten. »Ich sehe sie mir später mal an.«

»Der Wasserdruck ist irgendwie so schlecht«, erklärte sie, und plötzlich sah er sie dort unten direkt an. Ihre Gesichtszüge traten wesentlich markanter hervor als sonst, während sich ihr Körper fast unmerklich bewegte, sie starrte in die Spüle, drehte am Griff des Wasserhahns. »Das Wasser läuft irgendwie nur mit halbem Druck …«

»Ich sehe es mir an«, sagte er ruhig. »Ich werd auch mal nach dem Tank schauen.«

Es blieb längere Zeit still. Er dachte nach. Was ließ sich jetzt Sinnvolles sagen?

»Haben wir noch genug zu trinken?«, sagte er. »Ansonsten, meine ich?«

»Mineralwasser. Ein paar Bier. Ein paar Flaschen Cidre. Und eine Flasche Saft oder was das ist.«

»Die, ja.« Er seufzte erneut. »Das ist Saftkonzentrat zum Mischen.«

»Aha.«

»Schade.«

Er streckte sich zu dem kleinen Fach auf der Backbordseite, zog die khakifarbene Mütze heraus und setzte sie auf. Es blieb eine Weile still, und er dachte fieberhaft nach.

Jetzt fand sie sicher. Dass es langsam Zeit wurde, über etwas anderes zu sprechen.

»Dann sind die eben auf Grund gelaufen …?«, sagte er.

Sie stieg aus der Kajüte herauf und blieb nur einen Meter entfernt stehen.

»Ja … eine Zeit lang war hier ganz schön was los. Sie haben geschrien und gelärmt und …«

Er sah nicht nach, sie schien dazustehen und auf den Hafen hinauszuschauen.

»Wo bist du denn eigentlich abgeblieben?«

Da kam es, schnell antwortete er:

»Ich war auf dem Klo.«

Sie wartete.

»Ziemlich lange. Auf dem Klo.«

»Ich habe noch eine kleine Runde gedreht. Es ist so verdammt heiß.«

Sie setzte sich neben ihn, ihre Knie stießen gegen seine Schenkel. Er fühlte sich überrumpelt und sagte:

»Ich bin an Land gegangen, weil ich aufs Klo wollte, und anschließend habe ich nur noch eine kleine Runde gedreht.«

Sie machte »Hm«.

»Aber du bist …«, sie sah auf die Uhr unten in der Kajüte, »fast zwei Stunden weg gewesen.«

Er seufzte, betrachtete seine Badehose.

»Ja, ich habe mich da hinten irgendwo auf einen Felsen gelegt. Ich glaube, ich bin eingeschlafen.«

Sie stand auf und sagte etwas über das Mittagessen.

»In Ordnung«, antwortete er schnell.

»Ich habe mir nämlich schon ein paar Brote gemacht«, sagte sie, »ich hatte Hunger, ich wusste ja nicht, wann du kommen würdest, also habe ich was gegessen. Du wirst dir selber was zu essen machen müssen. Ich will mich jetzt da oben hinlegen und sonnen.«

Sie zeigte auf die nächstgelegene kleine Felserhebung.

»Mhm.«

Nur weil er weg gewesen war. Wollte sie nun auch. Weggehen. Aber er würde jetzt nichts sagen, oh nein.

»Es ist was da«, sagte sie. »Du brauchst es nur anbraten.«

»Mhm. Gut.«

Er wandte sich dem Heck zu und beobachtete, wie das Boot mit den drei jungen Männern langsam eine Zeit lang zirkulierte und schließlich weiter hinausfuhr und sich dem Schulschiff näherte. Einer der Männer hielt den Draggen zwischen den Händen, während er zu steuern versuchte, die beiden anderen standen auf dem Vordeck und spähten ins Wasser hinab.

Sie stieg an Deck.

»Okay, du machst dir dann was zu essen?«

»*Ja!*«

Sie ging über das Deck, er schaute verstohlen hin, sah, dass sie das gestreifte Badehandtuch und ein Buch unter dem Arm trug, ihre Pobacken wippten unter dem Bikini, als sie sich vorbeugte, um an der Leine zu ziehen.

Erneut blickte er zu dem Boot hinaus. Es fuhr ganz nah an das Schulschiff heran, und die Männer schienen sich mit jemandem an Bord zu unterhalten. Dann wendeten sie und fuhren mit sehr langsamer Fahrt immer näher an einen daneben liegenden, vorschießenden Felsen heran. Der Mann im Heck warf den Anker aus und ließ die Leine schnell laufen, der Bug glitt problemlos an den Felsen heran, und einer der beiden anderen Männer sprang an Land. Sie machten fest und schienen anschließend mit einem anderen Mann zusammenzustehen und zu sprechen, der von einem benachbarten Boot gekommen war. Dann wurden die Stimmen etwas lauter, die vier Männer gestikulierten heftig, ihre Hände zeigten aufs Wasser hinaus. Kurz darauf gesellte sich noch ein

Mann zu ihnen, die Stimmen hallten zwischen den Felsen im Hafen wider, erneut wandten sich zahlreiche Menschen in den Plichten um und schauten, und man hörte leises Hüsteln und Kommentare. Eine Frau, die vom Heck des Nachbarboots aus ein Bad nahm, lachte laut im Wasser.

Johan drehte sich um und blickte zur Anhöhe hinauf, wo sich ihre Silhouette langsam im fast direkten Gegenlicht bewegte, sie schritt gleichsam über die leicht geschwungene Linie der Anhöhe dahin, bis sie die Kuppe erreichte und ihre Gestalt Stück für Stück auf der anderen Seite verschwand. Er lehnte den Oberkörper vor, stützte die Ellbogen auf die Knie, presste beide Handflächen fest gegen Wangen und Kinn und zwang sich, die Augen zu schließen.

Anne lehnte sich gegen einen Felsabsatz und zog Bluse und Shorts aus.

»Hier sieht uns keiner.«

Lina schaute sich in alle Richtungen um, nirgendwo war auch nur ein einziger Mensch zu entdecken, so dass auch sie sich schnell auszog und in den Badeanzug schlüpfte. Gemeinsam gingen sie zum Wasser hinab.

»Hier gibt es doch keine Feuerquallen, oder?«

Anne suchte die Wasserfläche ab.

»Nein«, sagte sie und ging von einem flachen, sanft abfallenden Felsen aus ins Wasser, Lina dagegen benutzte die Leiter, blieb eine Weile stehen und sah Anne auf dem Rücken schwimmen, ehe sie selbst mit kleinen, ruckartigen Bewegungen immer mehr vom Körper eintauchte und schließlich ein paar kurze Schwimmzüge machte. Sie kletterte auf die Leiter zurück, sagte schnell »guck mal, mir wird … *schwindlig*!«, hielt sich die Hand an die Stirn und ließ sich der Länge nach ins Wasser fallen.

Sie lachten, Anne schwamm ruhig etwas weiter draußen, Lina planschte und spritzte mit Wasser, ohne Anne zu treffen.

»Haben wir nichts zu essen?«, sagte Lina. »Ich will Pfannkuchen!«

»Nein. Haben wir vergessen. Ich habe es vergessen«, erwiderte Anne.

Lina breitete die Arme aus und machte absichtlich einen vorsichtigen Bauchklatscher.

»Was ist heute für ein Tag?«

»Dienstag.«

»Dann rufen wir heute Abend Mama an, nicht?«

Anne drehte sich im Wasser.

»Nein, erst morgen früh. Mittwoch haben wir gesagt.«

Sie stellte sich weiter draußen auf den Meeresgrund und steckte ihre Haare mit einem Gummiband hoch. Lina presste die Hände im Wasser schnell zusammen, so dass an den Daumen kleine Spritzer hinausgedrückt wurden. Auf der Anhöhe ging ein älteres Paar in Badekleidung vorbei. Lina legte sich ins seichteste Wasser in unmittelbarer Nähe zum Ufer und kippte kleine Quallen auf sich, ließ sie von ihrem Bauch herabrutschen. Plötzlich warf sie eine auf Anne, die sich duckte, aber trotzdem an der Schulter getroffen wurde.

»Hör bloß auf damit«, lachte Anne, »sonst wirst du es noch bereuen.«

Lina griff nach einer weiteren Qualle und wollte sie schon werfen, als sie unvermittelt innehielt. Weiter draußen sah man ein relativ kleines Ruderboot, das näher kam.

»Oh nein!«, rief Lina. »Das sind die schon wieder … komm raus, komm raus!«

Anne drehte sich um und sah zwei der Jungen gemeinsam rudern, das Boot schwenkte mal hierhin, mal dorthin, die Jungen lachten, bis sie Anne und Lina an den Felsen entdeckten. Sie fanden rasch zu einem gleichmäßigeren Rhythmus, so dass ihr Boot geradliniger fuhr, und nahmen Kurs auf die Badeleiter. Hinter dem Heck der Jolle sah man das Surfbrett im Schlepptau an einem Seil.

»Wir gehen zurück!«, erklärte Lina und zog das Badehandtuch um sich.

Anne stieg ebenfalls aus dem Wasser und legte sich ihr Handtuch um die Schultern. Lina zog sich unter ihrem Handtuch hastig um.

»Hallo, lange nicht gesehen!«, rief der dunkelhaarige Junge. Er lächelte und winkte. »Das Boot hier haben wir uns geliehen. Wir dürfen damit rudern, wohin wir wollen. Wollt ihr mitkommen?«

Der andere Junge hatte extrem kurze Haare und war vorhin nicht dabei gewesen. Beide trugen Badehose und Schwimmweste.

»Wir wollen zu der kleinen Insel da drüben rudern.« Der Kurzhaarige streckte den Arm aus. »Da soll es irgendwelche alten Felszeichnungen geben.«

»Wir können nicht, wir müssen bald essen«, sagte Anne und nickte in Richtung der Segelboote.

Der Dunkelhaarige hielt eine Plastiktüte hoch.

»Wir haben jede Menge Brote dabei. Wir haben sie von der Köchin.«

Anne sah Lina an, die dastand und die Lippen zusammenkniff.

»Aber … wir haben auch keine Schwimmwesten«, wandte Anne ein.

»Könnt ihr die nicht schnell holen?«, meinte der Kurzhaarige. »Ihr habt doch sicher Schwimmwesten auf eurem Boot?«

Lina lehnte sich ganz dicht zu Anne hin und zischte:

»Was machst du denn da? Komm, lass uns gehen!«

Anne trocknete sich die Haare im Nacken ein wenig ab. Lina zischte wieder:

»Ich habe keine Lust, in einem Boot rauszufahren!«

Der Junge mit den kurz geschorenen Haaren richtete sich im Heck auf.

»Da draußen liegt sie, seht ihr, die kleine Insel da, die ist doch ganz nah.«

Der Dunkelhaarige öffnete die Plastiktüte.

»Wir haben auch jede Menge Saft, davon könnt ihr auch was abhaben.«

»Es gibt da irgendwie eine Menge Bilder im Stein, es sind Felszeichnungen oder so etwas.«

Anne begegnete Linas Blick und sagte fast lautlos:

»Warum nicht?«

»Weil ich nicht – will!«

»Was sollen wir denn sonst tun? Zurückgehen?«

Lina biss die Zähne zusammen und sah zur Seite, zur Anhöhe, an der ihr Boot lag. Man hörte, dass sich die Jungen etwas zuflüsterten, dann meinte der Kurzgeschorene fast genauso leise:

»Ach was, sie wollen eben nicht, dann fragen wir eben ein paar andere.«

»Wen denn?«

Anne betrachtete die Jolle, die Jungen klapperten mit einem Ösfass und schienen den Bug in eine andere Richtung zu wenden. Sie seufzte, tuschelte schnell mit Lina und legte die Arme um Linas Rücken.

»Wenn du mitkommst, lese ich dir nachher Groody vor. So oft du willst.«

Lina dachte einen Moment nach, knüllte ihr Handtuch zusammen und presste es gegen Anne.

»Und ›Der Löwe und der Pfau‹?«

Anne nickte.

»Das auch.«

Lina kehrte dem Wasser den Rücken zu und schielte zu den Jungen hinüber.

»Zehn Mal?«

»Mm.«

»Zwanzig?«

»Mm.«

»Versprich es.«

»Ich verspreche es.«

Anne richtete sich auf und winkte.

»Wartet! Wir kommen mit!«

Die Jungen antworteten etwas, lächelten und begannen, das Boot näher an die Treppe heranzustaken.

»Wir müssen erst noch unsere Schwimmwesten holen.«

»Okay.«

Lina sah zu, und als das Boot gegen die Treppe schlug, wandte sie sich an den kurzgeschorenen Jungen im Bug.

»Was ist denn da drüben in den Fels geritzt?«

Der Junge hielt beide Hände hoch und nahm gleichsam Maß.

»Ja, also, wir haben gehört, dass es jede Menge Zeichnungen gibt, Schiffe und so, glaube ich. Das Ganze ist anscheinend total alt. Wie heißt ihr übrigens? Ich heiße Paul.«

»Und ich Alex«, erklärte der Dunkelhaarige. »Wie heißt du?«

Anne nannte ihren Namen.

»Und ich heiße Lina!«, rief Lina beinahe.

Sie lachten, und Anne fragte sie, ob sie nicht schnell laufen und die Schwimmwesten holen könne.

»Warum denn ich?«

»Weil du viel schneller läufst als ich!«

Anne lächelte ein wenig und wartete, schließlich gab Lina ihr die Hand.

»Mindestens dreißig Mal ›Der Löwe und der Pfau‹?«

Anne nickte.

»Versprochen.«

Lina sah die Jungen an, die mit gesenkten Rudern dasaßen und mit den Ruderblättern nahe der Felskante ein bisschen Wasser hochspritzten.

»Das müssen dann aber auch wirklich ganz tolle solche … Felszeichnungen sein«, sagte sie, und die Jungen nickten und antworteten ihr mit gutmütigem Lachen.

»Bring auch die Sonnenhüte mit«, sagte Anne. »Du weißt, wo sie sind?«

Lina antwortete mit einem zustimmenden Brummen und betrachtete Annes Haare, ihre schlanken Beine, die braunen Arme und hellen Augen.

Dann drehte sie sich um, starrte noch eine Sekunde auf den Fels hinab und ging mit schleppenden, gewollt langsamen Schritten davon.

Er band ein Tauende um den Griff des Eimers und warf ihn hinter dem Heck ins Wasser, sah zu, wie sich der Behälter füllte, und hievte ihn hoch, zog sich auf dem Fußboden der Plicht eine Badehose an und schöpfte anschließend Wasser auf Rücken und Bauch.

Ein Schaumgummikissen im Nacken, er lehnte sich gegen die Großschot und goss sich immer mehr Wasser auf den Kopf, bis der Eimer fast leer war. Er blieb eine Weile sitzen und lauschte, während das Wasser sachte gluckerte und in die Rohre und Rillen des Plichtlenzers unter ihm lief. Die Sonne direkt über ihm. Er tauchte die Hand in den Eimer und legte sie sich mehrmals auf den Scheitel.

»Hallo? Ist jemand da?«

Jemand klopfte an der Backbordseite gegen die Außenwand, und es klang, als käme das Klopfen von einer Stelle in unmittelbarer Nähe seines Sitzplatzes, und er zuckte zusammen und kam auf die Beine.

Ein junger Mann stand am Bug auf dem Fels. Er hatte dunkle, fast schwarze Haare.

»Du, ich hab gesehen, dass du ein Dingi hast«, er zeigte über das Hafenbecken hinweg zu den Booten in der Nähe des

Schulschiffs, »weißt du, wir haben nämlich unseren Anker versehentlich über ein paar andere Ankerleinen ausgeworfen, so dass die rausgerissen worden sind. Deshalb wollten wir fragen, ob wir uns kurz dein Dingi leihen dürfen?« Er schien außer Atem zu sein, lächelte und breitete die Arme aus. »Um, na ja, um die Anker wieder zurückzulegen.«

Johan schaute zu den Booten hinüber, wo noch immer Männer zusammenstanden und gestikulierten.

Er winkte dem Mann zu.

»Sicher, sicher. Ihr dürft es euch gerne ausleihen. Komm ruhig an Bord. Ich muss nur die Badeleiter herunterklappen.«

Der Mann kam nach achtern in die Plicht, ging die Leiter hinab und stieg in das wippende Dingi. Er griff nach den Rudern und setzte sich zurecht.

»Bist du den ganzen Weg gelaufen?«, sagte Johan lächelnd.

»Ja, die sind da drüben ein bisschen … sauer geworden«, der Mann lachte leise, »also ist es wohl besser … tja.«

Johan machte den Knoten an der Heckklampe los.

»Seid ihr das nicht auch gewesen, die vorhin auf Grund gelaufen sind?«

Der Mann lachte wieder kurz.

»Stimmt, das war ja auch noch. Wir können uns das echt nicht erklären, auf unserer Clubskizze ist von der Untiefe nichts zu sehen!«

Johan schmiss das Tauende hinunter und warf noch mal einen Blick zu dem Boot am inneren Ende der Bucht, während der Mann anfing, schnell zu rudern.

»Tja, man hat es nicht immer leicht.«

Der Mann fabrizierte eine Art militärischen Gruß:

»Echt nett. Wenn wir fertig sind, bringen wir es sofort zurück.«

»Alles klar.«

Johan blieb lange stehen und starrte auf das Heck des Dingis, das sachte immer weiter davonglitt.

Von dem Zweimaster nebenan drang Lärm zu ihm herüber, und Johan entdeckte, dass der dicke Mann dort in einer Plastikkiste mit Klötzen, Seilen und Winschgriffen wühlte. Seine Frau bewegte sich über das Deck, auch sie war korpulent, unter dem Arm trug sie einen kleinen weißen Hund, dessen Augen nicht zu sehen waren.

»Haben Sie das gerade mitbekommen?«, rief Johan. »Jetzt sind die hier gewesen und haben sich mein Dingi ausgeliehen!«

Der Dicke drehte sich um.

»Die gleichen Typen, die eben auf Grund gelaufen sind«, erläuterte Johan. »Jetzt haben sie auch noch die Anker von den Leuten drüben aus dem Grund gerissen!«

»Tatsächlich?«, lachte der dicke Mann. »Du meine Güte, manche sollten einfach nicht auf große Fahrt gehen dürfen.«

Sie standen beide in ihren Plichten und verfolgten schmunzelnd die Fahrt des Dingis über das Wasser. Mittlerweile hatte es fast eines der Segelboote erreicht, in dessen Heck ein Mann mit einem schweren Anker stand.

»Dann wollen wir doch mal sehen, ob sie ihn verlieren …«, murmelte der Dicke, und Johan lächelte.

Er ertappte sich dabei, erneut zu dem Boot am inneren Ende der Bucht zu schauen. Von den roten Segeln war an Deck nichts mehr zu sehen. Er blinzelte, konnte an Bord jedoch niemanden entdecken.

Der Dicke beobachtete weiter die Arbeit des Mannes im Dingi. Seine Frau, die immer noch den Hund unter dem Arm hielt, ging an Land und band dem Hund eine dünne Leine um den Hals.

»Das sind so Typen, die wissen nicht mal, wo Steuerbord und wo Backbord ist«, meinte der Dicke. »Solche Typen wissen doch nicht einmal, wo der Kiel ist. Oh, verdammt.«

Sie lachten wieder ein bisschen, der junge Mann in dem Dingi war ein Stück hinausgerudert und ließ plumpsend den Anker fallen. Anschließend nahm er Kurs auf das nächste Boot.

»Jetzt wollen wir doch mal sehen … ob er auch wirklich hält …«, grinste Johan.

Der dicke Mann rückte auf dem Achterdeck etwas zurecht, grüßte und ging auf einmal an Land. Johan blieb stehen und sah ihn den Weg zur Müllstation einschlagen, wo auch seine Frau zu sehen war.

Er verzichtete darauf, weiter den Mann im Dingi zu beobachten, setzte sich stattdessen ins Heck und schaute nach oben, während er nachdachte und wahrnahm, dass der Himmel eine immer kompaktere hellblaue Farbe bekommen hatte und die Sonne inzwischen schmerzhaft hell war.

Wo war sie? Vermutlich lag sie irgendwo da drüben in der Sonne. Würde fortbleiben – lange …

Er befeuchtete rasch ein Badehandtuch und hängte es sich über wie ein Kopftuch, während er zur Pantry in der Kajüte hinabstieg. Dort unten war es noch heißer als im Freien. Auf dem Schneidebrett lagen ein Stück Fleischwurst und eine Tüte mit hellen Brotscheiben. Er nahm sich schnell ein Brot, trank eine Tasse warmen Cidre und legte die Wurst ins Kühlfach. Anschließend zog er sich wieder Shorts an und kehrte kauend in die Plicht zurück. Dort blieb er eine Zeit lang sitzen, kratzte sich am Rücken, trocknete sich den Kopf mit einem Handtuch ab, zerkrümelte die letzten Brotreste in seiner Hand.

Was … tun? Irgendwo schwimmen gehen. Vielleicht könnte man ja auch …

Ja, was?

Er blieb sitzen, versuchte, klarer zu denken, das Licht wegzudenken, war auf einmal sehr schläfrig und griff nach der Cidreflasche, trank große, lauwarme Schlucke.

Einige Zeit später erkannte er, dass er sich immer noch nicht von der Stelle gerührt hatte. Er fluchte, schüttelte den Kopf und strengte sich mächtig an, um aufstehen und seine Mütze anziehen zu können.

… ja, was?

Die Flüssigkeit füllte seinen Magen, und er wurde allmählich etwas wacher. Vögel schrien und gackerten oben auf der Anhöhe, er leerte die Cidreflasche, legte sie unter den Baum auf das Kajütdeck, stand da und ließ den Blick von links nach rechts über den Hafen schweifen.

Nachdem er einige Minuten mit hängenden Armen über der Sprayhood gestanden hatte, wurde ihm bewusst, dass sein Blick immer wieder zum gleichen Punkt am inneren Ende der Bucht zurückkehrte.

Lina drehte sich im Gehen mehrfach um und sah Anne, die sich mit den Jungen unterhielt, aber nicht in ihr Boot gestiegen war. Sobald Lina von einem Felsen verdeckt wurde, rannte sie über die warme Anhöhe, die plötzlich schwarz gefärbt und so heiß war, dass es unter ihren Füßen brannte, aber dann kam wieder diese andere Felsart, und sie musste nicht mehr gleichzeitig laufen und hüpfen.

Der silbrige Mast, das ziemlich kurze Boot, sie war unterwegs niemandem begegnet, und hier lag es, und daraufhin wurde sie langsamer und ging das letzte Stück sachte, vorsichtig.

Sie stieg ohne auszurutschen an Bord, stand auf dem Vordeck und lauschte. In der Kajüte lief immer noch das Radio, und sie kletterte möglichst leise durch das Klappluk auf dem Vordeck nach unten.

Ihr Vater saß mit einem Plastikbecher und einer Wasserflasche vor sich auf seiner Koje. Auf dem Tisch lagen Zeitungen und eine fast leere Tüte mit Schokosüßigkeiten. Es roch nicht nach Essen. Lina durchwühlte ihren Rucksack und fand schon bald ihren eigenen weißen Hut. Und Annes? Sie durchstöberte das Regal, fand aber nur Unterwäsche und eine Regenjacke.

Leise sagte sie: »Hast du Annes Hut gesehen?«

Ihr Vater drehte sich zu ihr um und betrachtete sie freundlich, machte zunächst jedoch keine Anstalten, ihr eine Antwort zu geben.

»Ich glaube nicht«, sagte er dann, sehr ruhig.

Er drehte das Radio leiser, und Lina zwängte sich nach achtern, am Tisch vorbei und in die Plicht hinauf. Die Schwimmwesten lagen wie üblich unter der einen Luke, sie klemmte sich beide unter den Arm.

»Haben wir Saft?«, sagte sie.

»Nein.«

»Haben wir Wasser ohne Kohlensäure?«

»Ja.«

Er saß weiterhin am Tisch und blickte ins Leere, sie starrte ihn kurze Zeit an, er fingerte am Radio, schluckte, hielt den Becher fest, ohne ihn anzuheben. Das breit gestreifte Hemd, die Unterhose, die Brille an einem Bändchen um den Hals.

Auf der Sitzbank gegenüber entdeckte sie das Handy. Es war nicht eingeschaltet.

»Haben wir was anderes … was man als Hut nehmen kann? Ein Stück Stoff oder so?«

Er atmete tief ein, schien nachzudenken, streckte dann den Arm aus und zog eine der Schubladen unter der Pantry auf. Dort lagen Küchenhandtücher. Er reichte ihr eins.

»Das kann sie doch nicht anziehen. Das riecht doch!«

Er entgegnete nichts, legte bloß das Handtuch zurück.

»Aber das vielleicht?«, sagte sie und zeigte auf ein großes zusammengerolltes Tuch, das wie ein Kranz auf dem Schott hing. Das, dachte sie, passt super.

Sie löste den Knoten und zeigte ihrem Vater das Tuch. Er nickte.

»Wir spielen im Wasser ein bisschen weiter weg«, sagte sie und stieg schnell an Deck.

Er drehte das Radio wieder lauter. Als sie an Land ging, spürte sie es auf einmal. Pipi.

Sie blickte zur Anhöhe hinauf, überdachte schnell alles. Dann ließ sie die Westen fallen, kletterte ein weiteres Mal durch das Klappluk nach unten und ging in die Toilette.

Der kleine Eimer stand wie üblich auf dem Brett unter dem Waschbecken, und sie schloss rasch den Vorhang zur Kajüte, zog die Shorts herab und ging in die Hocke, achtete jedoch darauf, dass ihre Beine den Rand des Eimers nicht berührten. Währenddessen fiel ihr Blick auf den kleinen Wandschrank unter dem Waschbecken, und sie dachte an Anne, und ihr fiel etwas ein, die Sonnencreme, und sie öffnete die Schranktür und holte die gelbe Tube heraus.

Es lagen mehrere kleine Pappschachteln auf dem schmalen Regal, und sie schaute sich die oberste genau an und sah, dass jemand sie geöffnet hatte. Sie vergewisserte sich, dass der Vorhang sie vollständig verbarg, klappte daraufhin sehr langsam den Pappverschluss auf, und die ganzen Plastikplättchen darin, und in der obersten waren Löcher, und es fehlten mindestens drei Tabletten.

Leise schob sie die Tür wieder zu, stellte den Pinkeleimer genau in die Mitte des Bretts, im Radio lief etwas, das wie ein altes Konzert klang, sie ahnte hinter sich den Vorhang, er saß noch am Tisch, so still wie zuvor.

Nahezu lautlos kletterte sie durch das Luk nach oben, spürte die Sonne und dass sie schon sehr verschwitzt war, und dachte an Anne, und ihr fiel noch etwas ein, und sie legte sich schnell auf den Bauch und streckte den Arm nach unten und kam mit Mühe und Not an das kleine rotweiße Haarband heran, das neben der Wandlampe an einem Haken hing.

Sie trug die Westen und den Rest zum Bug, warf alles in einem Haufen an Land und sprang mit schnellen, gelenkigen Bewegungen hinterher, und als sie die Tube in den Hut gelegt und mit dem Tuch in die zusammengefalteten Westen gepresst hatte, lief sie los, den gleichen Weg wie vorhin, trockenes gelbes Gras in kleinen Spalten hier und da, doch ansonsten auf dem ganzen Weg nur die großen, kahlen, heißen Felsen.

An Felswand und Wasser entlang roch es schwach nach Benzin und Müll, aber Johan konnte nicht feststellen, woher der Geruch kam. Er ging gemächlich auf der Anhöhe auf und ab, betrachtete die lange Reihe von Booten und näherte sich allmählich immer mehr dem innersten Teil der Bucht.

Die Gerüche verschwanden, und er kam kurz vor dem inneren Ende an den kleinen Motorbooten vorbei. Sie lagen reglos und still, an Bord war kein Mensch zu sehen. Hinter einer größeren Felspartie tauchte das Segelboot auf.

Er umrundete einen hohen Felsen, strich sich den Schweiß aus der Stirn und stand anschließend nur wenige Meter von zwei Felswänden entfernt, die fast aussahen, als wären sie von beiden Seiten gegen den Rumpf gepresst worden. Grobe Seile liefen durch Öffnungen im Rand des Decks und waren an zwei Heringen befestigt, die jemand in hinter ihm liegende Felsspalten eingeschlagen hatte. Er ging nahe heran und musterte eingehend die Beplankung, deren Oberfläche ein netzartiges Muster aus dünnen Craquelés aufwies. Dann ging er noch näher heran, so nahe, dass er die Hand ausstrecken konnte, um den Bug zu berühren.

»Was tun Sie da?«

Schräg hinter ihm kam ein kleiner Mann in dünnen, hellen Kleidern auf ihn zu. Auch seine Haare waren hell, fast gelblich, und an den Seiten länger, an der Stirn jedoch kurz geschnitten. Sein Blick aus runden, durchdringenden Augen war freundlich, der Mund schmal, die Wangen braun gebrannt und voller Falten. Sein ganzes Gesicht hatte etwas Eingedrücktes, so als hätte ihm jemand ein Gewicht auf die Stirn gelegt, wodurch seine Gesichtszüge zum Kinn herabgepresst worden waren.

Johan erkannte ihn, es war der Mann, der vorhin die Segel eingeholt hatte.

»Entschuldigen Sie, ich bin nur so neugierig geworden.« Johan nickte zum Boot hin. »Ich frage mich nur, was für eine Art von … Boot das ist und so. Ich meine, was ist das für ein Material? Denn Plastik ist es doch nicht, oder?«

Der Mann ging wortlos an Bord. Er straffte ein kürzeres Seil auf der Vorderseite des Masts, blieb auf dem Deck stehen und schien damit beschäftigt, einen kleinen Haufen aus Leinen, die sich verheddert hatten, zu entwirren.

Johan hatte sich nicht von der Stelle gerührt, er war verunsichert.

»… oder? Ist das wirklich Kunststoff? Es sieht fast aus wie … na ja, ich weiß nicht.«

Der Mann drehte sich um und sah Johan an. Es vergingen einige Sekunden, schließlich senkte Johan den Blick und machte sich bereit zu gehen.

»Nein, es ist kein Kunststoff«, erklärte der Mann ruhig.

Er klang weder ungeduldig noch unfreundlich, und Johan widerstand dem Impuls, ein paar Schritte zurückzuweichen.

»Aber … *Holz* ist es doch auch nicht, oder?«, sagte er. »Erst habe ich gedacht, ich würde es wiedererkennen, aus einer

Zeitung oder so. Was ist das denn eigentlich für ein Modell?«

»Sie haben geglaubt, Sie würden es wiedererkennen«, sagte der Mann.

Er stand noch immer mit den verhedderten Leinen in seinen Händen auf Deck. Ab und zu warf er einen Blick auf Johan.

»Es ist weder Kunststoff noch Holz«, sagte er schließlich ebenso ruhig wie zuvor.

Johan dachte nach, zögerte, streckte dann jedoch erneut die Hand aus und wollte den Bug berühren.

»Nein.«

Der Mann trat in den Bug und sah auf Johan herab.

»Nicht berühren, bitte.«

»Nein, Entschuldigung, ich wollte bloß …«

Johan wich ein paar Schritte zurück und blieb stehen. Der Mann auf Deck betrachtete ihn forschend, und Johan wusste nicht, wohin er blicken sollte. Warum stand er hier eigentlich, warum … ging er nicht einfach weg?

»Ja also, ich war nur neugierig, nicht wahr, ich habe das Modell nicht wiedererkannt. Ich interessiere mich für Boote, ich habe überlegt, ob es vielleicht ein irgendwie bekanntes Boot ist, das mal in irgendeiner Zeitschrift gewesen ist … Erst habe ich gedacht, dass der Rumpf aus Metall sein muss, aber dann habe ich gesehen, dass das auch nicht sein kann.«

Der Mann auf Deck nickte.

»Nein. Es ist kein Metall.«

Johan verlagerte sein Körpergewicht auf den anderen Fuß. Die Sonne schien auf die Felsen um sie herum, in allen Richtungen, und er hob beide Arme über die Stirn, die Luft schien zu stehen, sein Kopf war sehr schwer.

»Aber … was ist es dann? Der Bug hier sieht doch fast neu aus. Die Takelage scheint dagegen viel älter zu sein, es ist sehr ungewöhnlich, dass das Stag achtern so angebracht ist …?«

Er zeigte auf den Mast. Der Mann nickte erneut und ging an Land, wobei er etwas aus seiner Hosentasche zog. Johan fiel auf, dass seine Kleider aus einer Art Segeltuch oder Leinen genäht zu sein schienen.

Der Mann hielt ihm die flache Hand hin. In ihr lagen vier oder fünf kleine Körner, sie waren schwarz und hatten in der Mitte weiße Punkte. Er sprach noch zurückhaltender:

»Es dauert drei Jahre von dem Moment an, in dem sie keimen, bis die Pflanze überhaupt sichtbar wird.«

Johan begegnete dem Blick des Mannes.

»Anschließend dauert es mindestens zehn weitere Jahre, bis sie blüht. Danach noch einmal fünf Jahre, bis die Pflanzen eine Höhe von einem halben Meter erreichen.«

Johan nickte freundlich. Oh ja, es wurde wirklich Zeit zu gehen.

»Sie fragen sich, warum ich das erzähle«, sagte der Mann.

»Tja …« Johan wich ein paar Schritte zurück. »Jeder hat wohl so seine …«

Der Mann räusperte sich.

»Ich sehe, dass Ihnen die Sonne zu schaffen macht. Wir können uns auch da drüben hinstellen und uns dort weiter unterhalten.«

Er zeigte auf eine Fläche auf der Anhöhe, die im Schatten lag. Johan schaute sich um, seufzte, nickte schließlich, und sie gingen langsam dorthin.

»Warum fragen Sie nach dem Boot?«, sagte der Mann auf dem Weg.

»Ja also«, erwiderte Johan beinahe murmelnd, »ich interessiere mich einfach sehr für Boote … Außerdem habe ich mich ein bisschen gewundert, wie Sie so weit reinfahren konnten, mit so einem großen Boot. Wie tief liegt es eigentlich im Wasser?«

Sie blieben im Schatten stehen, der Mann nickte erneut, sein Gesicht wirkte beherrscht und gutmütig.

»Sie fragen nach meinem Boot«, sagte er freundlich. »Sie stellen Fragen.«

Johan seufzte erneut, zuckte mit den Schultern, machte einen Ansatz zu gehen.

»Ja?«

Der Mann schaute sich um, und Johan fiel auf, dass auf seiner Stirn kein Schweiß stand. Er zeigte mit der Hand auf die helle Felslandschaft und begann mit fester und plötzlich ziemlich heller Stimme zu sprechen:

»Ich bin viele Male an diesem Ort gewesen. Ich kenne diese Insel sehr gut. Ich lege eigentlich immer an der gleichen Stelle an. Oder fast der gleichen. Deshalb wusste ich, dass der Kiel die ganze Strecke frei bleiben würde.«

Er machte eine Pause, schien über etwas nachzusinnen, um unmittelbar darauf weiterzusprechen.

»Es ist einer der besten Häfen an dieser Küste. Es gibt hier viele gute Stellen zum Anlegen, rund um die ganze Insel verteilt. Bei Ostwind kann man sogar an den Landzungen im Westen liegen. Oder bei den Fischerschuppen.«

Der Mann streckte den Arm aus, und Johan wechselte die Blickrichtung. In sehr weiter Ferne sah man schemenhaft die Dächer und Wände von zwei Schuppen.

»Aha«, sagte er. »Das habe ich gar nicht gewusst. Dass es auf der Insel Häuser gibt.«

Der Mann hielt den Arm weiter ausgestreckt, und Johan sah noch einmal genauer hin.

»Sie liegen gut geschützt direkt am Wasser. Jedenfalls ist dort ein guter Hafen. Allerdings nur bei Ostwind.«

Johan betrachtete intensiv die roten Wände in der Ferne.

»Heute Vormittag bin ich ein bisschen herumgelaufen und in diese Richtung gegangen«, sagte er, »aber die Schuppen habe ich nicht gesehen.«

Der Mann lächelte freundlich.

»Die Felsen haben sie bestimmt verdeckt.«

Johan brummte leise.

»Aber ansonsten haben Sie natürlich vollkommen recht«, fuhr der Mann fort. »Mein Boot ist sehr ungewöhnlich. Es gibt nur ein Exemplar davon. Zumindest in dieser Gegend. Ihre Familie?«

Johan horchte auf.

»Ääh … wie bitte?«

»Sie und Ihre Familie, Sie sind mit einem Boot unterwegs.«

Johan war verwirrt, konnte nicht entscheiden, ob dies nun eine Frage war oder nicht.

»Stimmt. Das heißt, meine Frau und ich sind unterwegs … Auf einer kleinen Tour.«

Der Mann machte ein paar Schritte am Fels entlang, ohne aus dem Schatten zu treten.

»Ich habe gesehen, dass viele Boote im Hafen liegen. Es übernachten natürlich viele Menschen in ihnen.« Er schien erneut in Gedanken versunken zu sein. »Ich habe mir überlegt, dass wir heute Abend alle zusammen etwas unternehmen könnten. Das fände ich schön.«

Johan sah ihn wieder an. Das harte Sonnenlicht ließ die

Falten des Mannes flacher aussehen, sein Blick war sanft, die Haare sahen grob, fast rossartig aus.

Johan formulierte vorsichtig, was er sagen wollte:

»Wie … meinen Sie das?«

Der Mann schmunzelte und blickte zu den zahlreichen Booten hinüber.

»Ich habe mir gedacht, dass man vielleicht alle versammeln könnte, die kommen wollen. Heute Abend.«

Johan nickte und räusperte sich.

»Ja …«, antwortete er und drehte sich um. »Schön, es wird wohl mal langsam Zeit, dass … Ja also, ich werd dann mal gehen.«

Er machte ein paar Schritte, und die Sonne schien ihm wieder direkt ins Gesicht.

»Ich werde darauf zurückkommen«, sagte der Mann hinter ihm.

Johan sah ihn wieder an und nickte.

»Okay.«

Der Mann trat überraschend schnell zu einer großen Ansammlung von trockenen und sehr hohen Pflanzen, die dicht wuchsen und verblüht zu sein schienen. Zusammen bildeten sie neben der Felskante ein Gebüsch. Er bog einen Stängel herab, brach eine Samenkapsel ab und zerdrückte sie in seiner Hand.

Anschließend streckte er wortlos die flache Hand aus.

Johan rührte sich nicht von der Stelle und konnte nicht erkennen, was in der Hand lag. Der Mann blieb mit ausgestreckter Hand stehen, Sekunden verstrichen. Schließlich machte Johan ein paar Schritte, so dass er nahe genug war, um es zu sehen.

Der Blick des Mannes schien auf eine Stelle irgendwo weit

hinter Johan gerichtet zu sein, trotzdem sah er ihn direkt an.

»Es ist doch wirklich schön, in seiner Nähe Schatten finden zu können«, sagte der Mann tonlos. »Einen Schatten genau dann, wenn man ihn braucht.«

Auf seiner flachen Hand lagen einige schwarze Samenkörner mit weißen Punkten in der Mitte.

Johan sah zu dem Gebüsch und erkannte, dass die Stiele und Blätter der Pflanzen den Schatten geworfen hatten. Er versuchte, klar zu denken, blinzelte und hielt sich erneut schützend die Hand über den Kopf.

Schließlich nickte er, als Antwort, und entfernte sich, zunächst dem Mann noch halb zugewandt, der stehen geblieben war und die Hand weiter ausgestreckt hielt, dann aber nach vorne schauend, mit schnellen Schritten.

Er ging an den Felsen entlang, auf denen er gekommen war, wieder zurück und bewegte sich nach einer Weile die Anhöhe hinauf, kletterte einen steilen Hang hoch, gelangte zu einer Kuppe und setzte seinen Weg fort, bis er sicher war, außer Sichtweite zu sein. Daraufhin blieb er stehen und merkte, dass er außer Atem war, immer wieder schlucken musste und sein Rücken juckte. Hastig streifte er das Polohemd ab, kratzte sich und rieb sich mit dem Hemd ein ums andere Mal über die Schulterblätter, während er starr zu mehreren schmalen Inseln in nördlicher Richtung hinaussah und zum Horizont, der bei diesem Licht kaum auszumachen war.

Was zum Teufel war das eigentlich … für ein Typ?

Er blieb einen Moment stehen und dachte nach, hatte Mühe, seine Gedanken zu sammeln, blickte auf den anderen Teil der Insel hinab und hielt Ausschau.

Wo waren sie denn jetzt, diese Schuppen?

Er warf einen Blick zurück auf die Boote im Hafen, fand sein eigenes in der Ferne. In dieser Richtung schien noch alles so zu sein wie zuvor. Eine Weile blieb er unschlüssig stehen, ging dann in die Hocke und spürte, wie heiß das Felsgestein unter ihm war.

Und was macht man jetzt?

Tja, vielleicht könnte er …

Er hängte sich das Hemd über den Kopf, fixierte mit den Augen das Wasser vor der Insel, hatte das Gefühl, die Sonne würde plötzlich sinken und sich direkt auf ihn zu bewegen, als käme sie dem Fels, auf dem er saß, näher, immer näher.

… ja, was?

Erneut warf er einen Blick zum anderen Teil der Insel.

Er könnte ja – dorthin gehen. Er könnte da unten schwimmen gehen. Er könnte hingehen und schwimmen und sich gleichzeitig die Fischerschuppen ansehen.

Eine Idee. Gut.

Er richtete sich auf, schlug sich fest auf die Wangen und machte sich langsam auf den Weg.

Als er längere Zeit einem kaum zu erkennenden Pfad am Rande eines abschüssigen Felsens gefolgt war und ihm allmählich immer schwindliger wurde, setzte er sich einen Moment auf einen Steinblock. Ungeheuer hoch über ihm pfiffen Schwalben durch die Luft, er atmete angestrengt und hatte das Gefühl, sein Körper wäre deutlich größer als sonst. Als er ein Knie anzog, um den Ellbogen darauf zu stützen, fiel etwas aus der Tasche seiner Shorts, ein leises, kurzes Rieseln auf dem Stein. Es kümmerte ihn nicht weiter, er dachte: ein bisschen Sand oder Krümel.

Dann hob er trotzdem zwei der kleinen, dunklen Steinchen auf und rollte sie zwischen den Fingern. Nach einer Weile blieb sein Blick an ihnen haften.

Jedes Einzelne der kleinen Körnchen hatte weiße Punkte in der Mitte.

Er warf sie von sich, kam auf die Beine und lief ein kurzes Stück, ehe er sich umdrehte und zu dem Stein zurückschaute, auf dem er gesessen hatte.

Die Insel Trinisla liegt ungefähr vier Seemeilen oder knapp siebeneinhalb Kilometer vor dem Festland. Die nächste größere Ortschaft ist Hamburgsund. Die Entfernung bis Strömstad im Norden beträgt 39 Kilometer und bis Göteborg im Süden knapp 107 Kilometer. Die Insel hat eine Größe von gut 622 000 Quadratmetern und besteht aus drei größeren Teilen, die zusammen ein V bilden, dessen Spitze nach Nordwesten zum offenen Skagerrak zeigt.

Die drei Inseln – Norderviksholmen, Hamnholmen und Skutholmen – sind ursprünglich voneinander getrennt gewesen, in Folge der Landhebung im Laufe der Jahrhunderte jedoch zusammengewachsen. Der anfänglichen Dreiteilung hat die Insel allerdings ihren Namen zu verdanken, und zwar nach den lateinischen Worten »tri« und »insula«.

Der höchste Punkt der Insel, 38 Meter über dem Meeresspiegel, befindet sich auf dem südlichen Teil von Norderviksholmen. Die Koordinaten der Hügelkuppe lauten 58 Grad, 39,5 Minuten nördlicher Breite und 11 Grad, 10,3 Minuten östlicher Länge.

Obwohl Trinisla zu den äußeren Schäreninseln gehört, gibt es im Hafen geschützte Liegeplätze in allen Himmelsrichtungen.

Wilhelm Persson, Die Schären Bohusläns von den Tistelinseln bis Nordkoster, 1974

Das Ruderboot erschien einem, wenn man in ihm saß, stabiler, als es von fern ausgesehen hatte. Lina hatte den Platz im Bug bekommen. Paul sagte, sie solle sich an einem Tauende festhalten, das dort lag, und mit den Schultern über der Reling saß sie nun da und sah sich an, wie der Bug bei jedem neuen Ruderzug der Jungen kleine Luftblasen und Spritzer nach oben wirbelte.

Anne saß auf der Achterducht und nickte Lina gelegentlich zu, während sie den Blick über den Hafen schweifen ließ. Sie waren schon ein ganzes Stück von der Badestelle entfernt, und das Boot änderte den Kurs und näherte sich einem großen Segelschiff, das weiter draußen an den Felsen vertäut lag. Bei ihm standen ein paar Männer und diskutierten neben einem kleinen Ruderboot, das ihrem eigenen ähnelte.

»Wir müssen nur kurz etwas abgeben«, erläuterte Alex und ließ Paul das letzte Stück bis zu dem schwarz lackierten Schiff allein rudern.

»Wohnt ihr auf *dem* großen Boot?«, sagte Lina.

»Ja.«

»Und warum?«

»Na ja, es ist ein Segelkurs, wir sind zwei Wochen unterwegs und – ja.«

Am Heck sah man ein paar Jungen, und Alex rief ihnen etwas zu, woraufhin einer von ihnen mittschiffs zu ihnen kam. Alex hängte eine Plastiktüte an ein Ruderblatt, schwenkte sie hinüber, und der Junge an Bord nahm sie in Empfang.

»Wie lange dürft ihr unterwegs sein?«, rief der Junge.

»Wir wollen nur zu der Insel da drüben, wir sind bald zurück.«

»Peter und Berit haben gesagt, dass wir uns alle um drei auf Deck treffen wollen«, rief der Junge, und Alex hob die Hand zum Zeichen, dass er verstanden hatte, und begann gleichzeitig wieder zu rudern.

Sie kreuzten den äußersten Teil der Einfahrt und änderten dann den Kurs nahe einer Landzunge, an der Lina im Wasser unter ihnen lange grüne Algen schräg aufwärts wachsen sah. Sie tauchte die Hand ein, während sie sich ruckartig vorwärtsbewegten und Paul und Alex sich mit Anne unterhielten, ohne dass Lina ihnen zuhörte. Sie kamen an einem großen weißen Vogel vorbei, der ganz in ihrer Nähe im Wasser schwamm, und die Jungen ließen die Ruder ruhen.

»Guckt mal«, sagte Alex, »guckt euch mal den Schnabel an.«

Lina schaute genauer hin und sah, dass aus dem Schnabel ein Faden heraushing. Sie suchte Annes Blick.

»Warum hat er den da?«

Der Vogel erwiderte ihre Blicke, trieb schaukelnd auf den kleinen Wellen, die sie gemacht hatten, und rührte sich nicht von der Stelle, obwohl das Heck des Boots nur etwa einen Meter entfernt war.

»Das ist eine Angelschnur«, sagte Paul. »Er hat einen Fisch verschluckt. Der einen Haken im Maul hatte. Und dann hat der Angler die Schnur abgeschnitten.«

Lina starrte den Vogel an, und sie trieben einen kurzen Moment zusammen, bis die Jungen wieder ruderten. Alex drehte sich um.

»Wirklich ein verdammt dämlicher Vogel.«

»Was sagt Tom noch immer? Der IQ einer Sturmmöwe.«

Das Wasser wurde tiefer und bekam eine blaugrüne Farbe. Die Oberfläche war nahezu spiegelglatt, weiter draußen am Horizont kräuselte sich das Wasser in der Nähe schwarzer Steine, an denen es ab und zu aufschäumte. In der anderen Richtung sah man den Hafen mit den Booten halb hinter den Felsen verborgen, die Masten ragten wie ein dichtes Bündel dünner Stöcke in die Höhe.

Langsam näherten sie sich einer kleineren Insel mit einer leichten Erhebung am einen Ende und flacheren, vorspringenden Felsen am anderen. Schon von Weitem sah man, dass ungefähr in der Mitte der Insel ein Pfahl mit einem Schild stand.

»Willst du unser Schiffsjunge sein, Lina?«, sagte Alex, und sie hielten auf einen flachen Felsen zu, der sich sanft nach innen bog, so dass eine geschützte Stelle entstanden war.

»Na klar!«, antwortete sie und ging mit dem Seil an ihrer Schulter auf die Knie.

Die Felsen waren heiß und weiß gesprenkelt von Flechten und eingetrocknetem Vogelkot, und sie vermieden es, auf diese Flecken zu treten, und bewegten sich zunächst zu der kleinen Hügelkuppe hinauf und blickten aufs Wasser.

»Guckt mal hier«, rief Paul, und sie sammelten sich um einen Felsen schräg unterhalb, auf dem rote Striche und ein großer Schild in den Stein eingeritzt waren. Daneben standen mehrere Buchstaben und Ziffern.

»Was steht da? … Fünfzehn neunundvierzig …«

Daneben waren weitere Zahlen und Namen, es gab große Mengen eingeritzter Ringe und Striche, und Lina sah sich rasch jedes einzelne Bild an.

»Warum gibt es die hier?«

»Schaut euch das mal an«, sagte Paul. »Das sind Kreuze! Und Blumen! Cool!«

»Das sind keine Blumen. Das ist ein Kompass«, widersprach Alex, und seine Fingerspitzen folgten schnell der runden Figur. Neben ihr sah man einen Mann mit einem Schwert, der den Kreis glatt durchschlug.

Anne war zu dem Schild gegangen. Sie las laut:

»… viele sind leider zerstört worden. Die Gebiete auf der Südseite sind besonders empfindlich. Es ist streng verboten, auf den Felsen Feuer zu machen. Die Felszeichnungen stehen laut Paragraph … unter Denkmalschutz.« Sie machte eine Pause und fuhr dann fort: »… die meisten aus dem sechzehnten und siebzehnten Jahrhundert … die Mehrzahl der Felszeichnungen hat einen teilweise unerklärlichen Inhalt. Besucher sollten möglichst darauf achten …« Sie zeigte auf das Schild. »Der Rest fehlt, man kann den Text nicht mehr lesen.«

»Guckt mal hier.«

In den Stein waren zwei Köpfe eingeritzt, und unter ihnen stand »PSHR anno 1617«. Daneben sah man einen langen Strich mit mehreren Punkten.

Sie musterten weiter die Bilder auf dem Felshügel, auf denen man Boote und Tiere und lange Buchstabenfolgen erkannte. Kurz darauf stand Lina da und schaute zu dem Felsen, an dem das Boot lag, zum Himmel und der Sonne darüber. Sie ging zu einer ausgetrockneten Mulde im Fels, setzte sich und legte sich dann plötzlich hin.

»Was ist?«, sagte Anne.

»Nichts, es ist nur so heiß.«

Alex öffnete die Plastiktüte und gab ihnen eine Plastikflasche.

»Hier.«

Anne setzte Lina den Sonnenhut auf, während sie abwechselnd tranken.

»Geht es dir nicht gut?«

Lina antwortete nicht, starrte nur vor sich hin. Mit den Lippen formte sie ein lautloses »Doch«.

Die anderen setzten sich zu ihr, Brote wurden herumgereicht, die drei unterhielten sich, Lina kaute, lehnte sich gegen Anne, schloss die Augen.

»Lina?«

Eine Hand, die sie vorsichtig rüttelte.

»Lina, wach auf.«

Sie schlug die Augen auf, zog eine dünne Bluse fort, die auf ihrem Kopf lag. Anne hatte einen Badeanzug an, die Jungen waren im Wasser. Lina schrie auf.

Anne hob sie schnell hoch und begann, sie mit der Hand abzubürsten, Lina schrie weiter, die Jungen riefen etwas.

»Jetzt beruhige dich«, sagte Anne, »das sind doch nur Ameisen.«

Anne bürstete weiter, und Lina hielt sich an ihrer Schulter fest, während Annes Hand über ihren Rücken fuhr. Schon bald ging die Hand dazu über, sie zu streicheln.

»So. Jetzt sind sie weg.«

Lina vergewisserte sich, sah dann auf einmal Anne an. Die Wimpern um ihre hellen Augen, die fast unsichtbaren Härchen auf den Armen, die leicht plattgedrückten Haare in der Stirn.

»Was ist mit dir?«, sagte Anne. »Willst du nicht auch schwimmen gehen?«

Lina blickte verstohlen aufs Wasser.

»Das tut dir bestimmt gut«, meinte Anne. »Es ist wirklich unglaublich heiß.«

Lina schüttelte sich und richtete sich auf. Sie aß schnell ein halbes Brot, das auf dem Felsen lag, an den Rändern war es trocken, der Käse schwitzte.

»Du könntest ihnen zeigen, wie du Handstand machst«, sagte Anne. »Hier.«

Sie reichte Lina das Handtuch.

»Die sehen mich doch!«

»Ach was.«

Lina setzte sich, breitete das Handtuch über sich aus, zog ihre Shorts aus und den Badeanzug an.

»Guckt mal, ein Barsch«, rief Alex und hielt einen stacheligen Klumpen hoch.

Lina folgte Anne zum Wasser hinab und ging langsam, sich mit den Händen auf den Felsen abstützend, hinein. Das seichte Wasser in Ufernähe war lauwarm, sie machte ein paar Schwimmzüge und tauchte den Kopf unter.

»Fühlst du dich jetzt besser?«

»Ja.«

Sie schwamm fast bis zu Alex hinaus, Anne kraulte hinterher.

»Ich kann unter Wasser Handstand machen, wollt ihr mal sehen?«

»Ja«, sagten Paul und Alex und bildeten zusammen mit Anne einen kleinen Kreis.

Lina schwamm in die Mitte, holte tief Luft, stieß sich mit den Beinen ab und gelangte unter die Oberfläche. Luftblasen wirbelten den Grund entlang, Seegras wehte, die sonnenbraunen Füße der anderen neben ihr und der glatte, braune Tang, der sich sachte um ihre Unterarme ringelte, als sie die Handflächen auf den glatten Felsgrund presste. Es wurde etwas wärmer, als plötzlich Luft an die nasse Haut ihrer Füße und Beine kam, sie mussten ein ganzes Stück aus dem Wasser ragen, so dass sie es sahen, und sie dachte, dass sie es jetzt gesehen haben mussten. Aber jetzt musste sie atmen und ließ die Arme einknicken, drehte sich, setzte die Füße auf, streckte sich und gelangte mit Augen und Mund und dem ganzen Oberkörper über die Oberfläche.

Anne lächelte, Paul applaudierte.

»Toll!«

»Du bist ja fast ein richtiger Akrobat«, sagte Alex und blies Wasser mit dem Mund, wobei er eine Art Fanfare hören ließ.

Lina lachte und spürte, dass es auf einmal auf ihrem Kopf brannte.

»Iiiiääääähhh!«

»So eine scheiß …!«

Lina sah die anderen an, die sich um sie herum nicht von der Stelle zu rühren schienen, und entdeckte gleichzeitig, dass von ihren Augenbrauen rote Tropfen auf die Wasseroberfläche fielen, wo sie versanken und zu schleierartigen Mustern wurden, die sich auflösten.

»*Pass auf!*«

»Iääähhh – Iäääääääähhh!«

Anne war schnell zu Lina geschwommen und hielt die Hände um ihren Kopf. Sie schaute hoch, und Lina sah in die gleiche Richtung und entdeckte einen großen weißen Vogel, der knapp über ihnen hin und her flog. Unmittelbar darauf tauchte ein zweiter auf, der auch auf sie herabstieß, und dann noch andere.

»Iiiiääääääähhh! Iiiiäääähhh!«

Lina schrie auf, spürte etwas durch ihre Haare harken, Annes Griff wurde fester, und sie schrie und fuchtelte mit der Hand, »iiiiääääähhh«, Lina merkte, dass es weiterging, weitertropfte, rot war, »an Land!«, schrie Alex und sie hasteten geduckt durchs Wasser, Lina stolperte und spürte, dass Anne sie festhielt und ihre Füße über den Grund geschleift wurden, die Vögel stießen erneut auf sie herab, überall über ihnen flatternde Schatten, »iiiääääähhhhh!«, Alex und Paul halfen gemeinsam, Lina schnell aus dem Wasser zu schaffen, die Vögel kehrten zurück, Anne raffte schnell die Handtücher an sich, und sie eilten zu der Stelle, an der ihr Boot lag, Lina sah, dass die Vögel ihnen folgten, »diese verdammten Idioten«, schrie Paul, »zum Teufel, ich werde …«, und er sprang ungeheuer schnell ins Boot, riss ein Ruder an sich, lief wieder an Land und rannte mit erhobenem Ruder auf einen hohen Felsen, »verdammt, was tust du denn da?«, rief Alex, und Paul blieb stehen, die Vögel kamen schnell auf ihn zu, sie schrien lauter als zuvor, außerdem schienen es noch mehr geworden zu sein, Lina stand an

Anne gepresst, die Vögel hatten sich in Pauls Nähe gesammelt, sie sah ihn auf den ersten warten, er hob das Ruder an die Schulter und hielt es dann plötzlich fast senkrecht hoch. Als der Vogel herabstieß, schwang er das Holz mit Schwung in die Gegenrichtung, der Vogel machte ein Ausweichmanöver »doup« – das Ruderblatt traf die Flügelspitzen, doch der Vogel fiel nicht, sondern flog schräg einige Meter weiter und verschwand hinter einem Felsen, »Scheiße, hört jetzt auf!«, die anderen Vögel kreisten und schrien weiter und stießen aus größerer Höhe herab, Lina sah Paul erneut mit dem Ruder zielen, sie schwärmten ganz nah um seinen Kopf und schafften es ein ums andere Mal, seinen Schlägen auszuweichen, »jetzt komm schon, Paul, verdammt noch mal«, rief Alex, »wir fahren zurück!«

Paul fuchtelte zurückweichend weiter mit dem Ruder, die Vögel blieben schreiend und mit schnellen Bewegungen in seiner Nähe, plötzlich lief er zur Badestelle zurück und hob die Tüte und ein paar Kleider auf, ein Vogel griff ihn an, und er richtete sich auf, holte erneut zum Schlag aus, der Vogel änderte seine Flugrichtung nicht – »Ka-dounk!« –, das Blatt traf seinen Körper mit voller Wucht, und das Tier stürzte wie ein schwerer weißer Lappen auf die Erde, und Lina schloss die Augen, hörte, dass Paul angelaufen kam, merkte, wie sie von Anne schnell zur Reling des Boots geführt wurde, und dann musste sie wieder hinsehen, und sie stiegen hinein und fielen beide hin, und das Boot schaukelte, »jetzt rudere schon, verdammt! Sie kommen doch! Rudere!«, und Anne legte das Handtuch über ihre Köpfe, es tropfte, der Himmel war nicht zu sehen, und die Jungen stakten hastig hinaus und begannen ruckend und wackelnd zu rudern, und das Boot bewegte sich in schnellen Schlenkern, und sie herrschten sich gegenseitig an und schlugen mit den Rudern gegen den Rumpf, aber schon bald wurden ihre Ruderzüge immer regelmäßiger, und sie riefen, »jetzt, jetzt ist es okay! Jetzt fliegen die Drecksviecher in die andere Richtung zurück!«, und Lina sah, dass sich das Boot ein Stück von der Insel entfernt hatte und die Vögel hinter ihnen am Himmel kreisten.

»Diese verdammten Mistviecher!«, rief Paul. »Scheiße, ich hasse euch, ihr verdammten, ekelhaften Vögel!« Er spuckte aus, Alex warf ab und zu einen Blick zurück, und sie ruderten weiter, so schnell sie konnten.

»Wie geht es ihr?«, sagte Alex zwischen zwei hastigen Atemzügen.

Lina merkte, dass die anderen ihren Kopf ansahen, und dachte, dass sie mit der Hand fühlen würde, aber sie konnte nicht, oder lag es an Anne, die sie daran hinderte.

»Lina?«

Sie nickte langsam.

»Wie geht es dir?«

Lina sagte nichts, hielt nur Annes Arm fest.

»Jetzt wird alles wieder gut. Wir sind schon weit weg. Sie können uns nichts mehr tun.«

»Mm«, flüsterte Lina.

Anne drückte weiter mit dem Handtuch und zog Lina die Schwimmweste an.

»Sobald wir an Land sind, müssen wir das auswaschen. Es blutet immer noch.«

»Berit hat doch bestimmt einen Koffer mit Verbandszeug und so?«, sagte Alex zu Paul.

Sie befanden sich nun mitten zwischen den beiden Inseln,

und die Jungen mussten sich, den Blick auf die Insel hinter ihnen gerichtet, kurz ausruhen.

»So eine Scheiße!«

Paul tauchte das Ruder tiefer ins Wasser und wusch das Blut des Vogels ab. Lina verfolgte seine Bewegungen mit starrem Blick und sah, dass ganz oben, schon fast am Griff, noch kleine rote Spritzer waren, die er nicht zu bemerken schien. Sie starrte weiter auf die Kleckse, während er das Ruder wieder in die Dolle steckte und sie erneut Fahrt aufnahmen.

»Zum Teufel, verdammt noch mal!«, rief er plötzlich.

»Die hatten bestimmt Junge, das kapierst du doch wohl!«, sagte Alex und wandte sich an Anne. »Sie hatten bestimmt Junge. Und Berit kann sich die Wunde ansehen …«

»Bei so was kann man sich eine Blutvergiftung holen oder so«, meinte Paul. »Diese verdammten widerlichen Viecher …«

»Jetzt halt aber mal den Mund!«

Das Wasser um sie herum lag so still wie zuvor, Lina merkte, dass sie an beiden Füßen blutete, und zeigte es Anne, die sich die Sache ansah, die Hand ins Wasser tauchte und die Füße abwusch. Lina war auf einmal kalt, sie spürte, dass sie heftig atmete, sie wandte sich in alle Richtungen, konnte aber keinen Vogel sehen.

»Anne?«, sagte sie sehr leise, so leise, dass die anderen sie nicht hörten.

»Anne?«

»Ja?«

»Wo sind die hergekommen?«

Anne blickte verstohlen zu den Jungen und anschließend zu den Vögeln hinüber, die man noch immer über der Insel schwärmen sah.

»Keine Ahnung.«

Lina stierte lange ins Leere, sie kamen dem Segelschiff jetzt schnell näher.

»Als wir hingekommen sind, waren sie noch nicht da.«

»Nein«, antwortete Anne.

Sie sprachen sehr leise.

»Und dann waren sie auf einmal da.«

»Ja.«

»Wohnen die da?«

Anne hob die Schultern.

»Warum haben wir sie dann nicht schon am Anfang gesehen?«

»Keine Ahnung.«

Lina schwieg und dachte nach, sie legten mittschiffs bei, an der Reling standen eine Reihe von Jungen, lachten und riefen.

»Wo ist Berit?«, sagte Paul mit lauter Stimme, und jemand antwortete, dass sie schlief.

»Dann weck sie auf! Sag ihr, ein Mädchen ist verletzt worden. Sie blutet!«

Sie legten zunächst am Fallreep an, ruderten dann jedoch zu dem Felsen am Bug. Alex half Anne, Lina an Land zu schaffen, und die anderen führten sie zu einem glatt geschliffenen, flachen Felsen auf der Anhöhe, wo sie sich auf ein Handtuch setzen musste.

Kurz darauf tauchte aus einer Öffnung im Deck des Schulschiffs eine Frau auf, die einen Kasten in der Hand hielt. Sie kletterte an Land und kam rasch zu ihnen.

»Was ist passiert?«

Anne lehnte Linas Kopf nach vorn, damit man es sehen konnte, sie redeten schnell.

Als die Frau einen Wattebausch mit Flüssigkeit aus einer Plastikflasche befeuchtet hatte und den Bausch zum Haaransatz hob, spürte Lina, dass die Tränen kamen.

Segler /…/ berichten, man könne schlechterdings nichts Berückenderes zu Gesicht bekommen als diesen sich ins Unendliche erstreckenden Raum, übervoll von Inseln und Eilanden, /…/ von denen, hohen wie flachen, der Lichtschein auf das dunkle Wasser hinausströmte, das ihn in tausenden blitzender Brechungen widerspiegelte. Es war, als hätte man gleichsam ein ganzes Archipel schwimmender Lichtinseln erblickt, da und dort dominiert von einem höheren Ort, an dem funkelnde Fackeln, Spiel und Tanz eines jener wogenden Feste darboten, die so oft in Blut untergingen.

Emilie Flygare-Carlén, Schattenspiele: Zeitgemälde und Jugendbilder, 1865

Der Landschaft mangelte es fast völlig an Unebenheiten, man sah nichts als nahezu flache Felsplatten, einzelne Graspartien und vertrocknetes Heidekraut. Johan ging mit sehr aufrechtem Rücken, nacktem Oberkörper, das T-Shirt um den Kopf gewickelt. Er kniff die Augen zusammen, sah verschwommen Wurzeln auf dem Erdboden und wich ihnen aus, sein Blick war unablässig etwas voraus auf das Wasser gerichtet.

Er kam zu einer Uferwiese, auf der er stehen blieb.

Es roch nach Salz und etwas Verrottetem. Zwischen Haufen aus getrocknetem Tang, der sich in zerrissenen Fischernetzen verfangen hatte, lagen jede Menge Plastikdosen, Kartons und Flaschen. Ein dreckiger Stiefel; ohne zu wissen, warum, hob er ihn mit der Fußspitze zur Seite. Dann überquerte er die Wiese, stieg zu einem neuen Felsabschnitt hinauf und folgte mit den Augen der vor ihm liegenden Uferlinie.

Und wo waren jetzt diese Fischerschuppen?

Auf der unmittelbar vor ihm liegenden Wegstrecke konnte er keine Dächer entdecken. Seufzend versuchte er auszumachen, in welcher Richtung die Stelle lag, an der er schwimmen gegangen war. Langsam setzte er seinen Weg über die Anhöhe fort, die zunächst steil abfiel, um anschließend langsam flacher zu werden und schließlich erneut anzusteigen. Große runde Steine wie ein Feld zwischen zwei weiteren kleinen Erhebungen, und er achtete sorgsam darauf, auf keinen zu treten, der Ölflecken hatte.

Er erreichte eine weitere Hügelkuppe und schaute nach Westen. Keine Häuser. Ihm war schwindlig, er hatte Durst. Auf dem anderen Teil der Insel waren keine Menschen zu sehen, keine Stimmen, keine Bewegungen, nur jener dünne Dunst über all dem zusammengewürfelt Blassgrünen und Gelbgrauen und Rosafarbenen, über allen Steinen, allen Felsspalten und der flachen, vertrockneten Vegetation.

Auf einmal hörte man rechter Hand, in Wassernähe, Gelächter. Ganz langsam drehte er sich dorthin um und entdeckte zwei rote Fischerschuppen an der äußersten Spitze einer kleinen Landzunge. Er starrte sie an, schloss die Augen und sah erneut hin. Wieder drang aus dieser Richtung Lachen an sein Ohr, aber er konnte niemanden sehen.

Er zog das Hemd an, atmete tief durch, kletterte vorsichtig von der Kuppe herab und ging näher heran. Zwei Dachfirste, rote, abblätternde Farbe, darunter graue Bretter. Sowie zwei windschiefe Bootsstege, deren auf der Vorderseite gelegene Teile nicht zu sehen waren. Er blieb stehen und lauschte. Das Lachen kam von mindestens drei Personen.

Dann stieg er auf den nächstgelegenen Holzrost, folgte leise der Spanholzwand und erreichte den eigentlichen Steg.

»Ja hallo, guten Tag«, sagte eine Frau in einem Badeanzug, die ausgestreckt in einer Art Liegestuhl lag. Sie lachte laut, und die anderen fielen ein. Dort lagen drei weitere Frauen und zwei Männer. Sie waren alle mittleren Alters.

»Was führt dich zu uns?«, sagte einer der Männer, erneut gefolgt vom freundlichen Lachen der anderen.

»Ja, entschuldigt bitte, wenn ich euch störe …«, sagte Johan.

»Du störst nicht. Willst du ein Glas Wein?«, unterbrach ihn der andere Mann.

Eine Flasche ohne Etikett tauchte aus einem wassergefüllten Eimer auf, eine der Frauen holte ein Glas aus einer Kühltasche, füllte es und reichte es ihm.

»Setz dich, hier ist aller Platz der Welt.«

Sie lachten erneut.

Johan blieb mit dem Glas in der Hand kurz stehen, schaute sich um, war verwirrt. Er entdeckte, dass über ihnen zwischen den Felsspalten eine große Zahl von Menschen lag und sich sonnte. Er konnte in der näheren Umgebung kein vertäutes Boot entdecken.

»Ich wollte wirklich nicht stören … ich bin hier schon einmal gewesen, aber ich wusste gar nicht, dass es hier eine Badestelle gibt.«

»Aber nun setz dich doch«, lächelte eine der Frauen. »Ist das nicht ein fantastisches Fleckchen Erde?«

Er bekam einen Hocker, sie prosteten sich zu und plauderten.

»Wie heißt du?«

Er beantwortete die Frage und sagte:

»Sind das eure Schuppen?«

»Nein, nein, wie kommst du denn darauf?«, lachte einer der Männer.

Johan versuchte vergeblich herauszuhören, ob sein Ton ironisch war. Eine der Frauen stand auf und sprang ins Wasser. Kurz darauf folgten einer der Männer und die beiden anderen Frauen ihrem Beispiel.

»Es ist wirklich furchtbar heiß heute«, sagte Johan.

Er beobachtete die Badenden, stellte sein Glas ab, zog sich aus, bis er in Badehose dastand, und ging zu einer grob gezimmerten Holzleiter.

»Die solltest du lieber nicht benutzen«, meinte der Mann im Wasser, »es ist besser, du springst.«

Johan nickte, machte einen Schritt ins Leere und landete mit einem Klatschen im Wasser.

»Schön, nicht?«, lachten die anderen neben ihm, und Johan schwamm ein Stück auf dem Rücken, den Blick aufs Land gerichtet.

Die Fischerschuppen waren flach und dichtgedrängt an eine wuchtige Klippe gebaut worden. Das Dach des linken war an einer Seite unregelmäßig geformt, man schien es den Konturen des Felsens angepasst zu haben.

Eine der Frauen zog sich an einem Seil aufs Land hinauf. Sie zog ihr Bikinioberteil aus, das Sonnenlicht glitzerte auf ihren Brüsten, während einer der Männer seine Badehose auszog. Beide setzten sich in ihre Stühle und nahmen das Gespräch wieder auf, sie lachten und füllten ihre Gläser.

Gleichzeitig entdeckte Johan eine Gestalt, die sich in einiger Entfernung an der Anhöhe entlang bewegte. Es war eine ungewöhnlich kleine Person mit gelblichen Haaren und hellen Kleidern. Johan erkannte den Mann sofort und zuckte fast zusammen, während er träge schwimmend im Wasser liegen blieb. Noch einmal betrachtete er die Schuppen, die vielen leicht bekleideten Menschen und danach den Mann dort hinten – in seinem Kopf drehte sich alles, und er spürte vage, dass er schleunigst aus dem Wasser musste.

So geradlinig es ging, schwamm er zum Steg und stieg mit pochenden Schläfen hinauf. Er stand still und atmete durch, während er dem Mann hinterhersah, schenkte den Blicken der anderen keine Beachtung und machte, ohne selbst wirklich darauf gefasst zu sein, plötzlich einen Ansatz zu rufen:

»He, Sie! Hallo…«

Die Worte kamen nicht lauter als in normaler Gesprächslautstärke aus seinem Mund. Die helle Gestalt drehte sich dementsprechend auch nicht um, sondern verschwand hinter einem weit entfernt liegenden Felsen.

Johan starrte hin, zuckte mit den Schultern und sagte etwas Ablenkendes zu den anderen in den Liegestühlen. Sie hielten ebenfalls Ausschau nach dem Mann und antworteten mit höflichen Bemerkungen. Johan zog sich mit dem Rücken zu ihnen um, wrang seine Badehose aus, merkte, dass seine Beine zitterten, nahm einen weiteren Schluck aus seinem Glas und sank anschließend wieder auf den Schemel hinab, in seinem Kopf drehte sich immer noch alles, und ihm wurde bewusst, dass die anderen Blicke wechselten.

»Tja also, mir ist so schwindlig geworden«, sagte er leise, »ich weiß auch nicht…«

»Das liegt bestimmt an der Hitze. Vielleicht musst du mal was essen«, meinte einer der Männer.

»Ja, warum nicht.«

Der Mann verteilte eine Art Quiche aus einem Korb. Johan nahm schnell ein Stück und biss den Rand ab, der lauwarm war und nach Butter und Füllung schmeckte.

»Aber das ist hier wirklich ein fantastisches Fleckchen Erde«, wiederholte eine der Frauen, und alle stimmten ihr zu.

»Wie findest du die Quiche, Johan?«, erkundigte sich eine der Frauen.

»Sehr lecker«, antwortete er.

»Und, fühlst du dich jetzt besser?«

»Ein bisschen.«

Sie prosteten sich wieder zu. Er ertappte sich dabei, die Gesichter der Übrigen zu mustern, eins nach dem anderen, sie waren alle auffallend freundlich, helle Zahnreihen, nasse Haare, die eng an der Rundung ihrer Köpfe anlagen, Sonnenbräune und kleine Falten von den Augen bis zu den Wangenknochen.

Kurz darauf waren sie schon wieder eine ganze Zeit in eine fröhliche Plauderei über die Hitze und das Wasser und die Quiche vertieft. Johan griff sich an den Kopf.

»Entschuldigung, aber kann mir vielleicht jemand sagen, wie viel Uhr es ist?«

»Leider nicht«, antworteten die anderen lächelnd und breiteten die Arme aus, »nach neun trage ich nie eine Uhr«, bemerkte einer der Männer, und auch dies ließ die Übrigen leise lachen.

Plötzlich lastete ein ungeheurer Druck auf Johans Brust, er räusperte sich.

»Ich glaube, ich … muss jetzt gehen.«

»Du bist hier jederzeit herzlich willkommen«, erklärten sie, und Johan richtete sich langsam auf, drehte sich in die Richtung, in die er gehen wollte, und stellte sein Glas auf einen Poller.

Als er ihnen den Rücken zukehrte, nahm er wahr, dass es ein, zwei Sekunden vollkommen still wurde, ehe sie ihr Gespräch wieder aufnahmen.

Langsam stieg er wieder zu den Felsen hinauf und spürte, dass seine Beine ihn trugen. Viele der Sonnenanbeter blickten zu ihm auf. Ihm fiel eine Frau mit Sonnenbrille ins Auge, die in unmittelbarer Nähe des schmalen Pfads auf einem gestreiften Handtuch lag.

»Petra.«

Die Frau hob den Kopf und nahm ihre Sonnenbrille ab.

»Oh, entschuldigen Sie«, sagte Johan hastig und kurz auflachend, »ich dachte, Sie wären meine Frau …«

Die Frau lächelte ihn an, setzte die Sonnenbrille wieder auf und legte sich hin.

Johan ging rasch zwischen den Felsen hinauf, schwenkte bei einer Senke nach links, gelangte zu einem ansteigenden Geländeabschnitt.

Vor ihm war in einiger Entfernung der lange, flachgestreckte Felsabschnitt zu sehen. Er starrte eine Weile in diese Richtung, ohne Bewegungen ausmachen zu können. Das Einzige, was man im Grunde wahrnahm, war das träge Flirren der Luft über dem Heidekraut und den Felsflächen. Er stand vollkommen still, sein Blick war starr nach vorn gerichtet.

Petra.

Die Sonne dort oben.

Er erkannte, dass er sehr lange an der exakt gleichen Stelle verharrt haben musste, konnte sich aber trotzdem nicht dazu durchringen, seinen Weg über die Felsen fortzusetzen. Sein Blick war an einer vertrockneten Grassode mit kleinen Samen und Büscheln haften geblieben, er musterte einen Halm nach dem anderen, immer und immer wieder.

Ich sollte jetzt wohl. Nach Petra suchen. Oder? Sollte trinken.

Unten am Wasser schrie ein Vogel, und er drehte sich endlich um und zuckte leicht mit den Schultern.

Die Fischerschuppen waren nicht mehr zu sehen. Er schloss die Augen. Und schaute. Er machte ein paar Schritte zur Seite, anschließend ein paar in die andere Richtung. Längere Zeit stand er da, überlegte und spähte. Er fluchte.

Aus keinem Blickwinkel tauchten die Dächer hinter den Felskanten auf.

Er schluckte, fixierte den Blick und musste husten. Ganz langsam ging er zum Wasser zurück. Er folgte dem gleichen Pfad wie zuvor, an der Senke vorbei, an dem Gestrüpp und dem Steinhaufen vorbei, mit angespanntem Kopf, das Gesicht unverwandt auf das Glitzern unter ihm gerichtet. Ihn umgab eine fast vollkommene Stille, die nur von den Geräuschen einzelner kleiner Steine durchbrochen wurde, die fortkullerten oder unter seinen Schritten festgedrückt wurden. Er konnte nach wie vor nichts anderes sehen als nackte Felsen.

Er zwang sich, noch langsamer zu werden, ging dazu über, sich Schritt für Schritt zu bewegen, hielt immer wieder inne und sah genau hin.

Das Wasser konnte nun kaum mehr als zwanzig Meter entfernt sein. Die Schuppen waren weiter nirgendwo zu sehen. Wann hatte er sie beim letzten Mal entdeckt? Exakt wo hatte er gestanden, als er sie sah?

Er schaute sich um, in alle Richtungen, ohne einen Orientierungspunkt oder eine Wegmarke entdecken zu können.

Er ging noch ein paar Meter. Von hier aus – mussten sie zu sehen sein. Und genau an dieser Stelle hatte sie gelegen, die Frau mit dem Handtuch. So war es doch gewesen, oder?

Die Felsen lagen weiter still und leer. Mehrfach musste er den Impuls ersticken, noch näher ans Wasser heranzugehen. Stattdessen vermied er es tunlichst, in diese Richtung zu sehen. Ein Laut drang aus seiner Kehle, ein Kratzen, als sich die Stimmbänder trafen, und er zuckte zusammen, warf einen Blick über die Schulter und schaute dann wieder nach vorn, trotz allem, ein flüchtiger Blick, die Wasserfläche dort unten. Die glatten, hellen Felsen direkt neben ihm, die zäh rankende Vegetation, die sanfte Wärme der Luft. Die Sonnenstrahlen auf seinem Gesicht, die runden Steine auf der Erde.

Er lief, plötzlich, den Pfad hinunter, zurück, über die Felsen, zur Mitte der Insel hinauf, fort vom Wasser, er spürte, dass ihm der Schweiß an Hals und Rücken herablief, fort vom Wasser, er stolperte und lief weiter, es war ihm, als würde sich seine Lunge sehr langsam füllen und leeren, während sich sein Körper immer schneller bewegte, das Gelände vor ihm wirkte verschwommen, er sprang und kletterte und rannte und balancierte, ihm wurde bewusst, dass er sich unglaublich konzentrierte, um nicht hinzufallen, die Landschaft schien sich unnatürlich langsam zu ihm hin zu bewegen, um im nächsten Moment unwirklich schnell zu beiden Seiten zu verschwinden, er drehte sich nicht um, es schlug und pochte überall, er schloss die Augen, lief weiter, schneller.

Sie gingen Hand in Hand, als sie die Anhöhe überquerten, Lina drückte fest zu, Anne fast so wie sonst.

»Und was ist mit der Blutvergiftung?«

»Da passiert nichts, jetzt ist doch alles sauber.«

»Bestimmt?«

»Aber ja. Sie hat es doch sauber gemacht.«

Anne blieb stehen und beugte sich zu Linas Kopf vor und überprüfte, ob das Pflaster festsaß.

»Ich verspreche es dir«, sagte sie. »Mach dir bitte keine Sorgen.«

»Ganz bestimmt?«

»Aber ja. Mach dir keine Sorgen.«

»Rufen wir morgen Mama an?«

Anne sah sie an und nickte.

Sie hatten sich weiter unterhalten und währenddessen der Müllstation genähert. Anne sagte, sie müsse aufs Klo, Lina begleitete sie bis zu den beiden Türen an der Stirnwand, wich nicht von Annes Seite und erklärte, sie wolle mitkommen.

»Aber … das ist doch viel zu eng. Du musst draußen warten.«

Lina blieb so stehen, dass sich die Tür nicht öffnen ließ.

»Jetzt mach schon Platz!«, sagte Anne.

»Aber ich will hier draußen nicht allein sein!«

Anne strich ihr über den Kopf.

»Bitte, mach jetzt Platz.«

Lina rührte sich immer noch nicht.

»Du kannst ja in die andere gehen«, meinte Anne.

»Das geht nicht.«

Anne erhob die Stimme:

»Aber ich muss jetzt aufs Klo! Geh weg!«

Sie packte Lina fest unter den Armen und hob sie zur Seite, Lina biss die Zähne zusammen und suchte Annes Blick, aber Anne ging bloß hinein und schloss ab.

Lina schaute sich schnell um, trat durch die andere Tür und legte den Haken vor.

Die Toilette lag im Halbdunkel und roch intensiv nach Parfüm. Lina stand erst still, hob dann jedoch vorsichtig den Deckel der Latrinentonne an, ein paar Fliegen schwirrten heraus, und sie schloss ihn wieder, so leise sie konnte.

»Sag Bescheid, wenn du rausgehst.«

»Ja klar«, antwortete Anne hinter der Wand.

Lina riss ein bisschen Papier vom Halter, wischte den Deckel ab und setzte sich darauf. In der anderen Toilette hörte man Anne pinkeln. Lina spielte mit ein paar kleinen Stöckchen, die aus der Wand ragten. Plötzlich löste sich eins, und sie fühlte, dass dort ein Loch war. Sie tastete die Ränder ab, lehnte sich vor und schaute hindurch. Auf der anderen Seite der Wand war es genauso dunkel, es gab nur wenige Stellen, die auf den Holzwänden im Licht lagen. Sie begriff, dass sie Anne direkt vor Augen hatte, dass sie sehr nah war. Annes Hand hielt ein Stück Toilettenpapier, das sie langsam zwischen den Beinen vor und zurück führte. Dort wuchsen viele schwarze Haare.

Lina starrte hin, während Anne etwas sagte, Lina sah, wie Anne sich mehr Papier nahm und nochmals sorgfältig abwischte.

»… und das.«

Lina entgegnete nichts.

»Ich bin jetzt fertig«, sagte Anne. »Du auch?«

Lina stand auf, schlug mit beiden Beinen gegen die Tonne, kniff den Mund zu, damit kein Laut hinausdrang.

»Mm.«

Lina ruckte an dem Haken, stieß die Tür auf und trat, noch vor Anne, in das blendende Licht hinaus. Sobald Anne ihre Tür geöffnet hatte, schlang Lina die Arme um sie und hielt sie fest, mit aller Kraft.

»Was ist denn jetzt schon wieder?«

Lina ließ Anne nicht los, sie standen regungslos vor dem kleinen Haus.

»Hör jetzt auf, Lina«, sagte Anne schließlich. »Lass los!«

»Vielleicht sind sie von der Sonne gekommen«, meinte Lina, ohne ihren Griff um Annes Hand zu lockern.

Der silbrige Mast, sie näherten sich wieder dem Boot, er war weder an Deck noch in der Plicht zu sehen.

»Was hast du gesagt?«

»Vielleicht sind sie ja direkt von der Sonne gekommen. Die Sonne ist kaputtgegangen … und dann sind sie rausgeflogen und direkt auf uns runter.«

»Ach Quatsch.«

»Deshalb haben wir sie am Anfang nicht gesehen.«

Sie waren ihrem Boot jetzt ganz nah.

»Weißt du was?«, sagte Lina. »Er hat solche Schachteln mit.«

Sie spürte, dass Anne sie ansah.

»Er hat eine aufgemacht, so eine mit Dreiecken drauf, drei Stück hat er rausgenommen.«

»Aha«, sagte Anne schließlich. »Tja, das ist nichts ... worüber du dir Sorgen machen musst. Die hat er immer dabei. Für den Fall der Fälle.«

»Ich wusste nicht, dass er sie dabeihat. Gestern sind sie noch nicht da gelegen, aber jetzt hab ich sie im Schrank gesehen.«

»Ich werde ihn später danach fragen ... mach dir keine Gedanken.«

Sie gingen an Bord, Lina kroch durch das Luk nach unten, während Anne zum Heck ging. Ihr Vater lag in seiner Koje, Anne hängte die Badesachen auf die Leine und stieg in die Kajüte hinab. Er seufzte, Lina hörte, dass Anne sofort anfing zu erzählen. Lina saß stumm im Vorpiek, schaute nach achtern und wandte den Kopf nicht ab, als Anne weitersprach.

»Aber dann haben uns ein paar geholfen, die Wunde auszuwaschen und ...«

Anne sprach weiter, ihre Stimme war schnell und gleichsam hart; über das Ruderboot, die Vögel, Lina zwängte sich am Tisch vorbei und holte gedörrte Apfelstücke aus einer Tüte unter der Pantry, Anne schaffte Ordnung auf der Arbeitsplatte, wo ungespülte Teller, leere Milchtüten und aufgeschnittene Brotscheiben lagen.

»Sollen wir nicht irgendwann mal was essen?«, sagte Anne, und Lina hörte es wieder, die Stimme.

Ihr Vater legte sich hin und sagte, es gebe Brote. Anne öffnete die Tür zum Kühlfach und zog eine Tube mit Streichkäse heraus, den sie schnell auf die Brotscheiben drückte.

»Hier«, sagte sie und reichte Lina zwei Stück.

Anne nahm ein paar Brote mit in die Plicht hinaus, Lina sah verstohlen zu ihr hinüber, während sie schweigend aßen, Anne seufzte und kaute schnell, ließ dabei den Blick über den Hafen schweifen. Ihr Vater sagte etwas von seiner Koje aus, etwas über Vögel.

Anne antwortete von draußen:

»Aber es hat sie doch jemand ausgewaschen. Und zwar gründlich.«

Lina kaute immer langsamer:

»Haben wir was zu trinken?«

»Guck mal da unten.«

Lina hob das Sitzpolster an und anschließend einen Holzdeckel. Darunter lag ein Stück Schaumgummi und auf diesem ein kleiner Karton mit Saftkonzentrat.

»Anne, kannst du mir helfen?«, sagte Lina und hielt den Karton hoch.

»Du kannst dir den Saft doch selber mischen«, erwiderte Anne.

Ihr Vater drehte sich in der Koje.

»Aber ich weiß nicht, wie viel Wasser ich brauche«, sagte Lina.

Anne lehnte sich unter die Sprayhood herab und sagte mit fester Stimme:

»Kannst du ihr nicht mit dem Saft helfen?«

Ihr Vater rührte sich nicht.

»Man muss doch nur Wasser dazuschütten«, sagte er. Es wurde still, Lina sah, dass Anne wartete. Er sagte noch einmal, dass man nur Wasser hinzugießen müsse, in die große Kanne.

»Aber die ist doch nicht gespült«, wandte Anne ein.

Ihr Vater gab keine Antwort.

Lina sah Anne auf den Vater herabschauen. Dann stieg Anne schnell nach unten, schob Lina zur Seite, füllte die Plastikkanne mit Wasser, schrubbte mit der Spülbürste, schnitt eine Ecke des Saftkartons ab, goss den Inhalt in die Kanne, füllte sie mit Wasser auf, rührte um und goss ein Plastikglas voll.

Anschließend kehrte sie ebenso schnell in die Plicht zurück. Lina betrachtete ihren Vater, während sie ihr Glas leerte, seine Lider bewegten sich nicht, die tiefen Furchen über den Augenbrauen, die gelbbraune Haut auf seiner Stirn, und er legte einen Arm über seinen Brustkorb und brummte dumpf in sich hinein.

»Ich will was Ananas haben«, sagte Lina und sah zu Anne hinaus.

»Wir haben keine Ananas«, entgegnete Anne.

»Haben wir doch. Wir haben eine Büchse.«

»Dann wirst du sie dir selber nehmen müssen.«

Lina blickte auf die Krümel und Brotstückchen herab, aß ein paar von ihnen.

»Aber ich kann sie nicht aufmachen.«

»Dann wirst du es wohl lernen müssen!«

Lina stellte sich in den Aufgang zur Plicht, Anne schaute weiter zur Seite, Lina versuchte zu erkennen, welcher Ausdruck auf ihrem Gesicht lag.

»Du sollst mir gleich den Pfau vorlesen. Das hast du doch nicht vergessen?«

»Doch, habe ich.«

Lina starrte Anne an, ohne sich zu rühren.

»Was hast du gesagt?«

Anne antwortete nicht.

»Was hast du *gesagt*?«, wiederholte Lina, Anne schwieg weiter.

Lina legte das Butterbrot weg.

»Du hast *versprochen*, dass du mir vorliest!«

Anne ging aufs Deck hinauf, wo Lina sie nicht sehen konnte.

»Du hast es versprochen!«, rief Lina.

»Ich habe keinen Bock, irgend so ein Scheißbuch zu lesen!«

Lina wandte sich an ihren Vater.

»Sie hat versprochen, mir vorzulesen! Und jetzt sagt sie, dass sie es nicht tut!«

Der Vater seufzte erneut.

»… mit einem verdammten Baby zusammen zu sein!«, hörte man von Deck.

Lina richtete sich auf.

»Was hast du hast du gesagt?«

Anne lehnte sich durch das Luk herab:

»Ich habe gesagt, dass ich keinen Bock habe, die ganze Zeit mit einem verdammten Baby zusammen zu sein!«

Lina nahm alle Krümel und Brotstücke auf dem Schneidebrett, warf sie durch die Kajüte, lief die Treppe hinauf und aufs Deck.

»Du wolltest mir vorlesen, das hast du versprochen! Deswegen bin ich mitgekommen!«

Sie schrie und merkte, dass es in ihrer Brust zuckte.

»Deshalb habe ich das am Kopf bekommen, weil du mit den Blödmännern mitfahren wolltest!«, rief sie. »Und jetzt willst du mir nicht mal was vorlesen …«

Sie presste sich zwischen Anne und Reling vorbei, lief zum Bug, sprang schnell an Land und rannte auf den nächstgelegenen Felsen hinauf, hörte, dass Anne in ihrem Rücken ihren Namen rief, »du hast es *versprochen*!«, schrie Lina zurück, sie sah, dass Leute guckten, rührte sich für eine Sekunde nicht von der Stelle und lief anschließend in eine andere Richtung, die Felsen heiß unter ihren Füßen, sie rannte über eine erste kleine Erhebung und dann über die nächste, und daraufhin sah man die Boote nicht mehr, und sie lief über neue Erhebungen und Felsen und das Gras und Felsen, sie spürte Nässe in ihrem Gesicht, dass es immer weiterpochte an allen Stellen im Körper, und sie lief weiter und zitterte und lief.

Er lief nicht mehr, sondern ging sehr schnell und so gerade wie möglich, er folgte einem kaum erkennbaren Trampelpfad mit Steinfeldern zu beiden Seiten, und seine Schritte klapperten und klackten gleichsam auf dem trockenen Untergrund, das Terrain war spärlich mit Wacholderbüschen oder flacheren, verformten Sträuchern bewachsen. Er musste sich mehrmals die Haare aus der Stirn streichen, während er versuchte, den kürzesten Weg zum höchsten Punkt der Anhöhe ein Stück voraus zu nehmen, er spürte, dass sein Hemd nass war, merkte, dass die Shorts dunkle Flecken bekommen hatte.

Als er schließlich den höchsten Punkt erreichte, erkannte er, dass die Kuppe wesentlich weiter südlich auf der Insel lag, als er erwartet hatte. Er ließ sich augenblicklich im Schatten hinter dem weißgestrichenen Steinhügel nieder, dessen oberste Steine herabgerollt daneben lagen, seine Waden und Knie taten ihm weh, er schlug die Hände vors Gesicht und wartete sehr lange, bis sich sein Atem fast völlig beruhigt hatte.

Der Hafen lag schräg unter ihm, links von der Anhöhe, auf der er saß, und der Blickwinkel überraschte ihn erneut, so dass es ihm beinahe vorkam, als sähe er die Anlegestelle zum ersten Mal. Er versuchte, sich Klarheit darüber zu verschaffen, ob in der Zwischenzeit weitere Boote hereingekommen waren, blieb jedoch unsicher. Das Ganze dort unten war sehr still, das Wasser lag blaugrün und, wie es schien, ohne die kleinste Spur von Wellenbewegungen. Vereinzelt sah man Menschen spazieren oder entlang der felsigen Ufer schwimmen, und die Reihe farbiger Masten und heller Rümpfe schuf jenseits des abgerundeten Felsabschlusses unten am Wasser ein verschlungenes, rhythmisches Muster.

Nirgendwo auf den zahlreichen felsigen Abschnitten der Anhöhe konnte er jemanden in der Sonne liegen sehen.

Auf der anderen Seite des Hafenbeckens, auf flachen, sehr weit entfernten Felsen, fiel ihm auf einmal ein Kind ins Auge, das sich schnell in östliche Richtung bewegte. Dann verschwand das Kind hinter einem Felsvorsprung, und alles schien wieder ruhig zu sein, und er saß lange da und starrte aufs Wasser und auf alle Boote hinab und kontrollierte von Zeit zu Zeit, ob sich in seinem eigenen etwas regte, aber das Deck lag verwaist und das Boot ansonsten so still wie alle anderen.

Er war sorgsam darauf bedacht, seinen Blick nicht auf etwas am inneren Ende der Bucht zu richten.

Er stand auf und blickte auf mehrere Hohlwege hinab, die in langen gelbgrünen Bändern diagonal durch den Fels liefen. Ansonsten schien sich der Steilhang, abgesehen von einigen Passagen, deren Felskanten nicht zu erkennen waren, leicht bewältigen zu lassen.

Sehr aufmerksam, mit pochendem Kopf und klebrigen Schläfen und Wangen, machte er sich daran, hinunterzuklettern.

Sobald er wieder an Bord gegangen war, fiel ihm auf, dass sein Dingi achtern vertäut lag. Das hatte es noch nicht getan, als er auf der Hügelkuppe gesessen und hinabgesehen hatte. Oder doch? Aber wie lag es denn auch.

Er ging schnell nach achtern und machte das Tauende los, ohne Schürfspuren entdecken zu können.

Er war zunächst fast schnurgerade den Hügel hinabgegangen, hatte sich jedoch beim ersten Hohlweg genötigt gesehen, einen längeren Bogen schräg aufwärts zu schlagen, um dann in eine Felsspalte zu springen, in der er sich hingesetzt und eine Weile ausgeruht hatte. Es hatte dort fast unnatürlich intensiv nach Tannennadeln und verrottenden Bäumen gerochen, was ihn schließlich zum Weitergehen bewegte. Kurze Zeit war er dem nahezu geraden Verlauf der Kluft gefolgt und schließlich auf der stark abschüssigen Seite des Felshangs erneut in die Sonne hinausgetreten, nur um unmittelbar darauf auf den nächsten Hohlweg zu stoßen.

Dessen Wände waren wesentlich steiler, und er probierte sein Glück zunächst an mehreren Stellen weiter unten, bevor er nach oben zurückkehrte und es ihm nach einer ganzen Reihe von Versuchen schließlich gelang, zum grasbewachsenen Grund des Hohlwegs hinabzurutschen. Seine Beine trugen oberflächliche Schürfwunden davon, und auf der Unterseite der Arme war Haut abgeschabt worden, ohne dass Blut herausdrang, und er spuckte und verrieb Speichel auf den aufgeritzten Stellen.

Anschließend arbeitete er sich kletternd die gegenüberliegende Wand des Hohlwegs hinauf und gelangte von diesem Punkt aus in ungefähr zehn Minuten zu den Anlegestellen.

Er merkte, dass er seine Schritte beschleunigte, als er sich dem Boot näherte. Es lag immer noch sehr still, nicht einmal, als er es erreicht hatte, drangen Geräusche aus der Kajüte. Erst als er mit einem großen Satz an Bord sprang, entdeckte er das Dingi am Heck.

Aber was für ein Knoten. Ein doppelter Altweiberknoten war das.

Er warf einen Blick zu den Booten in der Nähe des Schulschiffs, konnte den Dunkelhaarigen jedoch nirgendwo entdecken. Rasch korrigierte er den Knoten, verkürzte das Tauende auf weniger als die Hälfte und befestigte die Scheuerleisten an der Außenseite des Dingis.

Seine Augen suchten nach dem rundlichen Mann im Nachbarboot, aber es war niemand zu sehen. Er überprüfte, ob das Funkgerät noch in der Kajüte war, ob Portemonnaie und Handy noch auf dem Regal lagen. Es war nichts angerührt worden. Das Deck? Nein, es war nicht schmutziger als vorher.

Er saß eine Weile im Heck, warf ab und zu einen Blick auf das Dingi und fluchte leise in sich hinein. Er holte den Kompass aus dem Seitenfach, klappte den Spiegel auf, benetzte seine Hände mit Meerwasser und strich sich mit ihnen über das Gesicht, so dass Schweiß und Schmutz verschwanden.

Wie viel Uhr war es? Er warf einen Blick auf die Sonne und die Uhr unten am Schott. Fast halb vier. Wann war sie aufgebrochen, um sich zu sonnen?

Er seufzte mehrmals und schaute auf das Wasser und die Felsen, danach in die Takelage hinauf und zum Fuß des Masts hinab.

Sein Blick wanderte nach oben zu dem Stander. Er hing vollkommen still, und es sah beinahe so aus, als wäre der helle Stoff gänzlich ohne Farben und Struktur, als schiene die Sonne einfach hindurch.

Er spähte zu den Felsen hinauf. Zu dem kleinen Hügel.

Da war die Stelle. Genau *da*. War sie verschwunden.

Sein Blick wanderte erneut zu dem Stander. Anschließend den Hügel hinauf.

Rasch griff er nach seiner Mütze, stieg an Deck, löste den kleinen Knoten und fierte die Flagge ab. Sie war warm und sehr leicht in seiner Hand. Er faltete sie zusammen, umwickelte sie mit den Schnüren und presste das kleine weiche Paket in seine Tasche.

Er war gerade einmal bis zu der kleinen Kuppe hinaufgekommen, als er sie auch schon sah. Sie lag auf einem flachen, leicht abschüssigen Felsen, unter sich das große Handtuch. Er näherte sich gemächlich, mit leicht knirschenden Schritten über die Flechten auf dem Felsgrund. Sie hob nicht den Kopf.

Er blieb stehen und sah auf ihren Rücken hinab, auf die Muttermale und den dünnen Streifen Haut, der nicht sonnengebräunt war. Schlief sie?

Nachdem er so eine Weile gestanden hatte, setzte er sich. Sie hob immer noch nicht den Kopf.

Eine Minute später sagte er:

»Hier liegst du also?«

Er musste seine Worte wiederholen.

Sie drehte sich um und setzte sich halb auf.

»Ich habe mich gefragt, wo du bist«, sagte er.

Sie blinzelte und rieb sich die Augen, schmatzte mit dem Mund.

»Ich habe weit oben auf der Anhöhe nach dir gesucht«, sagte er. »Ich wusste nicht, wohin du gegangen bist.«

»Aber das hatte ich dir doch gesagt...« Sie zog das Oberteil an und stützte sich auf die Ellbogen. »Ich habe dir doch gesagt, dass ich mich hierhin legen würde.«

Er blickte aufs offene Meer hinaus.

»Ich habe eben nicht gewusst, wo du gemeint hast.« Er machte eine Pause. »Außerdem finde ich, dass wir das Ding hier auswechseln müssen.«

Er legte den Stander auf den Felsen. Sie musterte den Stoff, ohne ihn aufzuheben.

»Ach ja?«, sagte sie.

Er antwortete nicht.

»Warum hast du ihn heruntergeholt?«, sagte sie. »Du hattest ihn doch wieder in Ordnung gebracht, oder nicht?«

»Ja, aber du siehst doch, dass er zu abgewetzt ist, vielleicht kannst du einen neuen nähen. Vielleicht kann man so ein Logo auch bestellen und aufnähen. Ich glaube, man kann solche Stoffabzeichen bestellen.«

Sie blickte zu ihm auf und lächelte plötzlich.

»So so«, sagte sie. »Tja, das ist vielleicht eine gute Idee.«

Sie lachte auf, legte sich wieder hin und verstummte, aber das Lächeln auf ihrem Gesicht verschwand nicht.

»Was ist denn so komisch?«

Sie schüttelte kurz den Kopf und lächelte weiter. Er saß eine Weile da, schaute sich um und ließ einen langen Seufzer fahren.

»Ich fühle mich so merkwürdig«, sagte er. »Ich bin doch vorhin spazieren gegangen, und es ist so unglaublich heiß und, ach, ich weiß auch nicht … sind wir eigentlich schon mal auf dieser Insel gewesen, kannst du dich erinnern?«

»Keine Ahnung«, sagte sie bedächtig.

»Ich weiß nicht, also … irgendwas an dieser Insel ist verdammt seltsam.«

Er saß lange und stierte vor sich hin. Dann schloss er plötzlich die Augen, legte sich schnell hin, neben sie, platzierte einen Arm auf ihrem Bauch und ihrer Brust. Er spürte, dass sie ihn ansah, aber sie machte keine Anstalten, sich zu wehren, und er ließ den Arm liegen. Er lag mit der Schulter fest gegen den Untergrund gepresst, ohne sich zu rühren, lauschte nur seinen Atemzügen und ihren und lärmenden Vögeln irgendwo in weiter Ferne.

»Du, ich muss jetzt was trinken gehen«, sagte sie.

Er setzte sich auf.

»Ja, ist ja klar, dass …«

Er beendete den Satz nicht, sah ihr nur zu, als sie das Handtuch ausschüttelte und zusammenfaltete. Schließlich nahm sie auch den Stander, ohne etwas dazu zu sagen, und sie gingen gemeinsam zum Boot hinab.

»Stimmt, es kommt einem noch heißer vor als eben«, sagte sie, und er machte eine zustimmende Bemerkung.

Sie gingen an Bord und bemerkten, dass das Ehepaar auf dem Nachbarboot in der Plicht saß und Kaffee trank.

»Hallo, ihr da drüben! Wie geht's denn so?«, sagte der dicke Mann lächelnd.

»Wir können nicht klagen«, antwortete Johan.

Sie blieben stehen und plauderten eine Weile über die Hitze, die Frau des Mannes stellte sich an die Reling.

»Hört mal, was haltet ihr davon, wenn ihr gleich zu uns herüberkommt, dürfen wir euch vielleicht auf ein Gläschen oder so einladen?«

Johan sah Petra an und legte die Hand auf ihre Schulter, sie löste sich aus seinem Griff und ging zum Heck, wobei sie antwortete, ohne dass er darauf vorbereitet gewesen wäre:

»Ja, gern … das machen wir doch gern, nicht wahr, Johan?«

In ihrer Hand hielt sie einen kleinen Stein, mit dem sie fest über einen größeren rieb, sie saß in einer schattigen Senke, fast überall von rauen Steinen und Felsen umgeben, und presste den Stein gegen den Fels unter ihr und murmelte und ritzte und spuckte, und sie zwängte sich so weit hinein, wie es nur ging.

Nach einer Weile hörte Lina sie, die Stimme, die wie immer rief und dabei wie sonst klang, und sie blieb sitzen und kauerte sich noch mehr zusammen, während sie erneut die Stimme hörte, wenn auch ziemlich weit weg, fast wie aus dem Inneren eines Tunnels: »Liiina! Liiina!«, und sie rührte sich immer noch nicht, sondern zog die Knie an die Brust und senkte den Kopf und kniff den Mund zu und legte ihre Hände auf die Ohren.

Verdammtes – Baby!

Sie saß da und zählte bis hundert und dann noch mal bis hundert, und es rauschte und pochte in ihrem Kopf, und dann löste sie den Griff um ihre Ohren und hörte keine Stimme mehr, die nach ihr rief, blieb aber trotzdem noch längere Zeit sitzen – Baby! – und noch etwas länger, ehe sie zum Rand der Felswand schlich und um die Ecke lugte.

Es war kein Mensch zu sehen, nur Steine, Wasser und Felsen und über allem die Sonne. Sie wartete noch einen Moment und stieg schließlich aus der Senke, wobei sie Blicke über beide Schultern warf.

Sie ging ziellos über die Felsen, suchte nach etwas, das sie aufheben konnte, kam zu einem flachen Felsen mit kleinen eingetrockneten Vertiefungen. Dort roch es nach Salz und trockenem Gras, und sie setzte sich hin und fegte mit ein paar Muschelschalen Sandkörner und Schneckenreste zusammen.

Sie entdeckte einen hell gekleideten, kleinen Mann, der in einiger Entfernung über die Anhöhe spazierte. Sie erkannte ihn sofort und wollte ihm schon etwas zurufen, hielt sich dann jedoch zurück. Der Mann ging immer weiter, ihre Augen folgten ihm, bis er verschwand. Dann fuhr sie fort, die Muschelschalen auf dem rauen Stein hin und her zu schieben.

Als sie den Blick nach vorn richtete, sah sie, dass auf den Felsen hüpfend und langsam laufend zwei Kinder näher kamen, die Luft zwischen den beiden und ihr selbst schien von Feuchtigkeit oder Sonnenlicht dicht, ja fast zäh zu sein, und ihre Bewegungen wirkten langsam und an den Rändern gleichsam aufgelöst, aber es war dennoch offensichtlich, dass die Mädchen der Stelle, an der sie saß, immer näher kamen.

Am Ende waren sie ganz in ihrer Nähe. Es waren zwei Mädchen, beide hatten blonde Haare, sommersprossige Wangen und trugen helle Kleider mit dünnen Schärpen. Sie waren ungefähr so groß wie sie selbst und hatten lebhafte Augen und leicht gebräunte Wangen. Die beiden lächelten sie an und machten direkt vor ihr jede einen Knicks. Lina starrte den Kleiderstoff und ihre Gesichter an.

»Hallo«, sagte die eine, »ich heiße Klara!«

»Und ich heiße Helga«, sagte die andere. »Wie heißt du?«

Lina antwortete und schaute sie weiterhin aufmerksam an.

»Seid ihr Zwillinge?«, sagte sie.

»Nein«, sagte Helga, »wir sind … Freundinnen.«

Sie lachten, und einen Moment später lachte auch Lina.

»Was hast du denn da in deinen Haaren gemacht?«

Lina zupfte ihren Pony zurecht.

»Da hat mich ein Vogel gekratzt.«

»Wirklich? Warum?«

»Weiß nicht.«

»Hat das wehgetan?«

»Ja.«

Es war kurz still, dann sagte Helga:

»Guck mal, sie hat so welche mit Perlmutt«, und die beiden setzten sich neben Lina und strichen über die Muschelschalen und überlegten, welche von ihnen die schönste war.

»Wo wohnst du?«, sagte Klara. »Wir wohnen in einem Boot da hinten!«

Sie zeigte mit gestrecktem Arm über die Felsen hinweg. Lina sah hin, konnte aber nur die Insel sehen, die sich weit, weit erstreckte, und dahinter das Wasser.

»Wir haben unser Boot da unten«, zeigte Lina, »in dem großen Hafen.«

»Ich weiß was«, meinte Helga, »jetzt, wo wir zu dritt sind, können wir Zofe und Herrin spielen.« Sie wandte sich an Lina, »du musst mitspielen, das macht einen Riesenspaß!«.

Schnell gaben sie Lina etwas in die Hand, das sie »den Schlüssel zum Schrank« nannten, und stellten sich anschließend nebeneinander und ließen Lina vor ihnen stehen und erklärten ihr, was sie sagen sollte, und antworteten:

»Zofe Alma meldet sich zum Dienst!«

»Zofe Berta meldet sich zum Dienst!«

»Schön!«, erwiderte Lina. »Und hier … ist der Schlüssel zum Schrank!«, fuhr sie fort und hielt ein kleines weißes Stück Holz oder Stein hoch, sie konnte nicht erkennen, was es war.

»Und jetzt werdet ihr …«, fuhr Lina fort.

»… all eure Arbeiten den ganzen Tag lang ausführen!«, half Helga ihr, und die beiden Mädchen sagten »Jawohl, Herrin« und begannen sich schnell in kleinen Kreisen auf den Felsen hinauf zu bewegen. Lina stand da und sah zu, sie lachten leise und irrten umher und taten so, als würden sie etwas Großes und Schweres anheben, und danach etwas, das zwar leicht und kleiner war, von dem es dafür aber ganz viel gab. Sie baten Lina um Hilfe und hoben gemeinsam die unsichtbaren Kissen und Decken und Laken und Matratzen auf eine Felskante hinauf, und dort stapelten sie alles und markierten die Sachen mit einem Stempel, und zuletzt füllten sie das Ganze lachend und in einem ziemlichen Gedränge mit Federn.

»Ihr arbeitet gut, meine Zofen!«, sagte Lina, obwohl sie nicht angewiesen worden war, das zu sagen, und die Mädchen lachten nur und sagten, »jawohl, Herrin, jawohl, Herrin!«.

»Es sieht ganz so aus, als hättet ihr jetzt eure Arbeiten für diesen Tag erledigt!«

»Jawohl, Herrin!«

»Am Wochenende bekommt ihr länger frei.«

»Danke, Herrin. Danke, Herrin!«

Sie setzten sich auf die Felsen, atmeten durch und lachten.

»Jetzt darfst du was sagen«, meinte Klara zu ihr. »Was spielst du denn so?«

Lina dachte nach und räusperte sich.

»Also …«

Sie machte trippelnde Schritte auf dem Felsen, stellte sich auf die Zehen und bewegte sich ruckartig nach vorn:

»Jetzt bin ich … ein Fechter – bin ich nicht geschickt, was sagt ihr? Haaa!«

Sie machte einen Ausfallschritt mit ausgestrecktem Arm, die Mädchen sahen zu.

»Der Degen ist geschliffen – und *da* kommen sie, auf sie mit Gebrüll!«, rief Lina.

»Wir wollen auch!«, sagte Helga, und sie stellten sich zu dritt in eine Reihe und begannen auf die gleiche Weise vorwärtszurucken, mit gebeugten Beinen und vorgestreckten Armen, bis Helga das Gleichgewicht verlor, und sie kicherten und machten dann weiter, wobei sie mit gekünstelten Stimmen sprachen und durch die Luft schlugen, »jetzt kommt schon! Da ist einer! Erschlag ihn! Da kommt noch einer!«, und Lina betrachtete die langen Haare der beiden, die um ihre Schultern schwangen, das schnelle Rucken in verschiedene Richtungen, wie sie rasch die Beine versetzten und die Schultern so fließend und geschmeidig bewegten, als hätten sie es immer schon getan.

»Jetzt steche ich zu!«, rief Lina. »Ha-ha! Touché!«

»Ah!«

»Ha-ha! Treffer!«

»Guut!«

»Da!«

»Applaaaaus!«, rief Helga. »Braaaavo! Sie geben auf!«, und Klara verbeugte sich fast bis zum Felsen, woraufhin sie wieder lachten und ein langer Applaus folgte, und alle drei schwangen herum und begannen aus der anderen Richtung noch einmal von vorn. Sie standen in einer Reihe, und Lina war in der Mitte, und dann bewegten sie sich fast im Gleichschritt vorwärts und stachen und stachen, und sie waren außer Atem und lachten immer weiter.

Der Himmel hatte ein anderes Licht angenommen, und Helga blickte kurz hoch.

Sie hatten geschwitzt und sich schließlich wieder auf den flachen Felsen fallen lassen, wo sie nun saßen und ihre Zehen und Fersen verglichen.

»Weißt du was«, sagte Helga, »wir müssen vielleicht bald mal zurückgehen.«

Sie und Klara schauten in die Richtung, in die sie vorhin gezeigt hatten.

»Müsst ihr wirklich?«

»Jedenfalls bald.«

Sie standen auf und taten, als würden sie ihre Degen heben, und drehten eine weitere Runde auf dem Felsen. Es ging langsamer als eben, und Lina beobachtete sie dabei genau, wie der Stoff ihrer Kleider fiel, ihre Gesichter aussahen und wie die Blicke, die ihrem begegneten, wirkten, ihr war plötzlich schwindlig, und sie war sehr müde.

»Jetzt«, sagte Klara schließlich, »jetzt müssen wir aber los.«

Lächelnd nickten sie Lina zu, die schwieg und für einen Moment aufs Meer hinaussah.

»Ja, ich muss jetzt auch los«, erwiderte sie schließlich.

»Vielleicht sehen wir uns ja wieder«, meinte Helga und umarmte sie.

»Da drüben wollen heute Abend welche ein Feuer machen«, erklärte Lina. »Ich glaube, sie wollen grillen.«

Helga und Klara nickten bestätigend und sagten, dass sie nicht wüssten, ob sie am Abend noch da sein würden.

»Aber wenn wir da sind, können wir vielleicht vorbeikommen und uns das Feuer ansehen«, sagte Klara.

»Ja, tut das!«

Die beiden Mädchen setzten sich langsam in Bewegung, sie winkten ein paarmal, während Lina ihnen hinterhersah, dann trabten sie weiter, und das gleißende Licht auf der Anhöhe in der Ferne ließ es erneut aussehen, als glitten oder rutschten sie auf eigentümlich bedächtige Weise dahin.

»Tschüss!«, rief Lina. »Ich hoffe, ihr kommt!«

Schon bald waren die Mädchen nur noch mit Mühe zu erkennen. Lina blinzelte und hielt sich die Hand über die Augen, die beiden hüpften ein letztes Mal in sehr weiter Ferne davon, ehe der Dunst es unmöglich machte, sie noch zu sehen. Trotzdem blieb Lina lange regungslos und ohne den Blick abzuwenden stehen.

Sie war außer Atem und durstig und plötzlich unsicher, wo sie sich befand, schaute sich mehrfach um, betrachtete den sehr hellblauen Himmel über ihr, die harten Felsen und das Meer, auf dem die Sonne glitzerte, und den Horizont mit den kleinen, kleinen Inseln, deren Konturen sich fast völlig auflösten, sie sah auf ihre Füße und Beine hinab und anschließend wieder in die Richtung, in der die Mädchen verschwunden waren, aber sie waren nicht zurückgekehrt, sooft sie auch hinschaute, war dort nichts zu sehen. Sie setzte sich auf den Fels, strich mit den Händen am Kopf entlang und schlang die

Arme um die Schultern, während sie den Körper zusammenpresste.

Nach einer Weile entdeckte sie neben sich auf dem Fels etwas. Es war weiß, sie hob es auf.

Es war das Ding, mit dem sie gespielt hatten. Sie hielt es in die Sonne und betrachtete es lange, es fühlte sich zugleich schwer und leicht und ziemlich hart an, und es war kein Stein, aber auch kein Holzstück. Die Oberfläche war sehr glänzend und glatt, auf der einen Seite entdeckte sie eine Reihe kleiner, kantiger Buchstaben und Zeichen, die schwer zu lesen waren. Darunter stand eine weitere, ganz ähnliche Reihe von Zeichen, und sie schüttelte den Kopf und rieb letzte Reste einer Vogeldaune fort, die in einer der Kerben hingen.

Sie schaute die Anhöhe entlang und erstickte den Impuls, einfach aufzustehen und über die Felsen zu laufen, den Mädchen hinterherzurennen, schnell zu laufen und zu rennen und ihnen zu folgen, bis sie die beiden eingeholt hätte, irgendwo dort, in weiter Ferne – sie schluckte und hielt die Kiefer fest zusammengepresst, ließ nur ihren Blick sachte über den Fels und das Gras schweifen, und als sie dort längere Zeit gesessen und den weißen Gegenstand an ihrem Hemd gerieben hatte, ließ sie ihn in die Tasche ihrer Shorts fallen.

Äußerst langsam ging sie über die Felsen zurück, ohne zu wissen, ob sie sich überhaupt auf den Hafen zu bewegte.

An einem kleinen Felskamm erkannte sie die Senke wieder, in der sie vorhin gesessen hatte, und blieb stehen. Als sie hinter der Felswand hervorlugte, sah sie unter sich die Boote liegen. Sie erkannte sofort, dass Anne auf Deck saß und eines ihrer Bücher in der Hand hielt, dass sie von Zeit zu Zeit zu den Felsen aufblickte und sie absuchte.

Lina duckte sich und setzte sich hin.

Baby!

Oh nein. Sie würde *nicht* zurückgehen.

Lange blieb sie sitzen und dachte nach. Es gluckerte und knurrte in ihr, und sie rieb sich über den Bauch, hielt die Arme an den Kopf, strich sich den Schweiß aus dem Gesicht.

Auf einmal begriff sie:

Das konnte sie tun.

Ja, das war eine gute Idee, eine *sehr* gute. Sie würde es ihr *zeigen*. Sie würde schon sehen – *Anne*!

Sie ging die Sache nochmals in Gedanken durch, stand auf und schlich in der anderen Richtung um die Felswand, lief im Schutz der Kuppe schnell an der Anhöhe entlang und gelangte kurz darauf zu dem abschüssigen Teil, näher an der inneren Seite der Bucht gelegen, wo sie ein kurzes Stück zum Wasser hinabschleichen musste.

Sie sah ihn schon von weitem, jetzt war es kein Problem mehr, den Weg zu finden. Da vorn lag die lange Reihe von Steinen, über die sie vorhin balanciert waren und die zu der Insel auf der anderen Seite führten.

Die langen Sitzbänke waren sehr glatt und tiefblau, hatten in der Mitte eine weiße Linie. Eine Decke mit Fransen, und dann die Kissen, die gestreift leuchteten, genau wie ihre eigenen. Aber das Holz des Schotts war deutlich dunkler und glänzte anders.

Johan saß auf dem Sitzplatz, der dem Herd am nächsten war, zupfte sein Hemd zurecht und beobachtete Petra, die mit dem Dicken den Vorpiek inspizierte, während seine Frau mehrere Flaschen herausholte und auf den Tisch stellte.

»Ein kleiner Gin vielleicht?«

»Ja, warum nicht.«

»Ich muss schon sagen, Johan«, sagte Petra und lächelte ihn an, »hier hat man ein bisschen mehr *Spielraum* … könnte man vielleicht sagen.«

»Ich habe sie in Antibes umbauen lassen«, erläuterte der dicke Mann, »sie arbeiten da jetzt auch noch an einer anderen.«

Petra strich mit der Hand über einen Messingbeschlag in der Nähe des Fensters.

»Eis?«, sagte die Frau.

»Ja bitte«, antwortete Johan.

»Na ja, es hat schon ein bisschen gedauert, bis sie fertig war«, lachte der Mann, »ich wollte verchromte Instrumententafeln, das habe ich ihnen gesagt, und am Ende haben sie es dann auch hinbekommen!«

Die Frau öffnete eine kleine Luke an der Backbordseite und drückte die Tasten einer Stereoanlage. Im nächsten Moment ertönte langsame Klaviermusik.

»Ein bisschen was zu knabbern?«, sagte die Frau, und Petra nahm dankend an, während Johan nur zustimmend brummte.

»Wir setzen uns ins Heck, da haben wir eine richtige Klimaanlage«, erklärte der Mann.

Johan stand auf und begleitete die anderen nach achtern. Nebenan konnte man für einen kurzen Moment in den Raum unter der Plicht schauen.

»Ein Yanmar«, sagte der Mann weiterhin lächelnd, »ziemlich leicht und so. Hat aber immerhin hundertfünfzig Pferdchen.«

Sie kamen zu einer fast kreisrunden Couch mit zahlreichen Sitzplätzen, und Johan setzte sich ganz außen hin. Die Luft war merklich kühler als in der Kajüte. Auch hier gab es Lautsprecher, die Klaviermusik lief weiter.

»Bitte sehr.«

Ein Tablett mit zusammengerollten und gefüllten Brotfladen.

»Mein Dingi habe ich übrigens zurückbekommen«, sagte Johan zu dem Mann, »ich frage mich, ob diese … Experten wirklich wieder alle Anker an Ort und Stelle bekommen haben.«

»Ich habe ehrlich gesagt nicht mitbekommen, wie es gelaufen ist. Aber solche Burschen sollten sich eigentlich erst einmal den einen oder anderen Bootsführerschein besorgen, ehe sie auf große Fahrt gehen, nicht wahr? Was waren das eigentlich für Gestalten?« Er hüstelte. »Nein, mit der See ist nicht zu spaßen, also, wenn eine steife Brise weht, sollte man schon wissen, wie man mit seinem Boot umgehen muss, hehe.«

Petra nahm sich ein Brot.

»So was kann man dir jedenfalls nicht vorwerfen, Johan. Wenn es jemanden gibt, der weiß, was zu tun ist, dann du.«

Sie wandte sich ihm zu und lächelte. Er versuchte, es zu lassen, konnte aber trotzdem nicht verhindern, dass er ihr Lächeln erwiderte.

»Wisst ihr, dass er selbst ein paar Finessen eingebaut hat, die man so nicht kaufen kann?«, sagte Petra. »Neue Regalflächen im Vorpiek, und die Takelage trimmt er mit Spezialwerkzeugen für alle Stage, und dann haben wir da noch so einen kleinen cleveren Apparat am Tank, der dafür sorgt, dass man mehr Warmwasser bekommt … und jede Menge anderer Sachen, was hast du jetzt im Frühjahr noch gemacht …?«

Johan räusperte sich.

»Ich weiß nicht genau, was du meinst.«

»Aber das ist doch gut«, lachte der Dicke, »wenn er sich um sein Boot kümmert, oder nicht?«

»Ja klar, sicher«, antwortete Petra und leerte ihr Glas. »Es ist super. Aber jetzt, wisst ihr, jetzt hat er ein Problem, ein ernsthaftes Problem«, sagte sie und lächelte erneut.

Johan atmete ein, hielt die Luft an.

»So so, was ist es denn?«, sagte der Dicke und setzte sich, wobei er einen Stapel Zeitungen und Illustrierte forthob. Johan sah flüchtig einen Hochglanzumschlag mit Autos, einen anderen mit einer leicht bekleideten jungen Frau.

»Na ja, schaut euch den hier mal an, der bereitet ihm im Moment die größten Kopfschmerzen.«

Petra zog etwas aus der Tasche ihrer Shorts. Es war der kleine Stander.

»Seht nur«, sagte sie lächelnd, »er hat *Risse bekommen.* Und er ist ja so ausgeblichen, so ausgeblichen, bald sind von ihm wohl nur noch Fäden übrig, nicht wahr?«

Mist … warum hat sie den mitgenommen?

Johan nahm hastig einen Schluck von seinem Drink und lächelte die Frau des dicken Mannes schnell an:

»In Wahrheit findet *sie*, dass der Stander zu verschlissen ist. Sie hat mir heute Morgen regelrecht befohlen, ihn herunterzuholen.«

Alle lachten, und Johan schielte zu Petra hinüber, während er das Ende einer Brotrolle abbiss.

»Wie auch immer«, fuhr Petra fort. »Jedenfalls müssen wir ihn natürlich so schnell wie möglich austauschen. Wisst ihr übrigens, ob man sich solche Dinger einfach so besorgen kann?«

»Was ist es denn für einer?«, sagte der Mann, »LKSS? Ich glaube, ich habe sogar irgendwo noch einen übrig.«

»Nein, die haben wir nicht dabei, mein Alter«, meinte seine Frau und fegte Krümel von ihrem Hemd.

Johan ließ den Blick auf einer glänzenden Belüftungsluke ruhen und versuchte, entspannt auszusehen, während er sich darauf einstellte, dass Petra noch eine Bemerkung machen würde.

Ein Handy klingelte.

»Ah … die Pflicht ruft«, meinte der Mann leise lachend und verschwand zur vorderen Kajüte hinaus. Gleich darauf hörte man ihn lachen, und er begann mit durchdringender Stimme zu sprechen.

»Gunnar ... er nimmt sich nie wirklich frei«, sagte die Frau lächelnd, und Johan fiel auf, dass ihre Augen ziemlich kräftig geschminkt waren. »Aber wenn wir hier draußen unterwegs sind, hat er zumindest ein bisschen weniger Arbeit.«

Petra erwiderte das Lächeln und fragte, ob sich jemand noch ein Brot mit ihr teilen wolle.

»Nein, da ist Johan nun wirklich ganz anders«, sagte sie, während die Frau das Brot teilte. »Er macht lange Spaziergänge auf der Insel und ist stundenlang unterwegs, legt sich hin und schläft irgendwo weit weg, ohne einem zu sagen, wohin er geht.«

Das also auch noch.

»Ach was, ich bin vorhin nur kurz eingeschlafen, es ist ja so unglaublich heiß draußen.«

»Ja, das stimmt allerdings«, meinte die Frau. »Heute wird anscheinend irgendein Rekord aufgestellt, haben sie im Radio gesagt.«

»Ach, wirklich? Ich habe heute noch gar keine Nachrichten gehört.«

»Nein, und *das* sieht dir nun wiederum gar nicht ähnlich!«, sagte Petra lächelnd und nahm auf einmal seine Hand.

Er versuchte vergeblich, sich loszumachen, ihre Hand war warm und weich, sie hob seine Hand an den Mund und küsste sie, gleichzeitig hörte man den Dicken langsam näher kommen.

»... ja, aber dann sag ihm das, sag ihm, dass Lage zweifünf für den gleichen Job nimmt! ... Nein, das glaube ich nicht ... nein, verdammt, es waren sechseinhalb Millionen ... nenenene, es war so: fünfzehntausend pro Quadratmeter, zuzüglich ...«

Er sprach weiter, seine Frau wechselte lächelnde Blicke mit Johan und Petra.

»Aber ihr zwei habt jetzt jedenfalls … richtig Urlaub?«

»Oh ja«, sagte Petra, »wir lassen es uns gut gehen. Wenn wir die Chance dazu bekommen.«

»Was arbeitet ihr?«

»Ich bin Sachbearbeiter«, erklärte Johan, »für Schadensregulierung und so … bei einer Versicherung.«

»Aha, aha.«

»Und Petra arbeitet in der Ölbranche. Also in der Buchhaltung, in der Regionalverwaltung.«

Der Mann hatte sein Gespräch beendet:

»Entschuldigung, Entschuldigung – und worüber redet ihr hier Spannendes?«

»Oh, kümmer du dich nicht um uns«, sagte seine Frau lächelnd.

»Na, ich musste doch …« Er lachte auf und wandte sich an Johan. »Es gibt außer mir einfach niemanden, der den Überblick hat.«

»Im Moment interessiert sich hier keiner so richtig für deine Geschäfte, Liebling«, sagte seine Frau. »Es ist zu heiß.«

Sie lachten ein wenig, Petra hatte Johans Hand losgelassen, er änderte seine Sitzhaltung auf der Couch und nahm ihr gleichzeitig mit einer entschlossenen Handbewegung den Stander ab, und sein Knie stieß gegen den Fuß, der den runden Tisch trug, und man hörte einen kurzen stummen, dumpf klingenden Laut.

»Ach übrigens, hat man euch auch eingeladen?«, sagte die Frau in einem völlig neuen Ton und sah Petra mit gehobenen Augenbrauen und einem kleinen Lächeln im Mundwinkel an.

»Nein … wozu?«

»Ja, vorhin war eine ziemlich … ich sag mal, eine seltsame Gestalt hier und hat bei uns angeklopft«, erläuterte der Mann. »Der Kerl sah irgendwie aus wie ein alter Sack«, sie lachten sehr laut, »das muss ungefähr vor … vielleicht einer Stunde gewesen sein.«

»Nein, wir haben keinen Sack gesehen«, lachte Petra.

»Na, jedenfalls will er uns heute Abend zu irgendeinem Essen einladen, hat er gesagt.«

Seine Frau unterbrach ihn:

»Ja, er will in seinem Boot etwas *zubereiten*, hat er gesagt, genauso hat er sich ausgedrückt: etwas zubereiten. Und jeder, der Lust hat, soll kommen. Um halb acht.«

Neuerliches Lachen. Johan streckte sich und ordnete seine Haare.

»So so«, meinte er, »das klingt ja fast ein bisschen …«

»Tja, er war schon ein bisschen komisch, dieser Typ«, sagte der Mann, »aber soweit ich sehen kann, ist an der Sache im Grunde nichts auszusetzen, er war sehr höflich. Also kann man heute Abend ja mal bei ihm vorbeischauen … und sich ansehen, was er so im Kochtopf hat!«

Sie lachten wieder, es wurde nachgeschenkt, Johan hüstelte, bemerkte im gleichen Moment, dass die Töne des Klaviers auf einmal verzerrt klangen, sich in der kühlen Luft beinahe aufzulösen schienen, aber außer ihm reagierte niemand, und er rutschte unruhig auf dem Polster herum und warf einen kurzen Blick auf ein Gemälde, auf dem ein Seezeichen abgebildet war, schaute danach schnell aus dem ovalen Fenster, aber alles, was man sah, war blauer Himmel.

»Ja, da bist du ja, mein kleiner Liebling.«

Auf dem weichen Teppich trottete plötzlich der weiße Hund

heran, der Mann machte ihm Platz, und die Frau beugte sich vor und massierte mit schnellen Handbewegungen das Fell auf seinem Rücken.

»Hast du geschlafen, mein Kleiner? Hast du *so gut so gut* geschlafen?«

Sie war problemlos über alle Steine gegangen, obwohl das Wasser inzwischen etwas höher stand, und auf der anderen Seite kurze Zeit am Ufer entlangspaziert, bis sie ihn wiedergefunden hatte, den Stein.

Es gab jede Menge Schnecken an der Kante, und sie legte die Tiere in die gleiche Rille wie zuvor und hob einen kleinen schweren Stein hoch. Ksshou! Kthhhou! Dhhou!

Sie würde es ihr schon *zeigen*!

Die kleinen Fleischstücke lagen an ihrem Platz auf dem Grund, sie spähte zu den Rändern. Hauptsache, sie war noch da, Hauptsache, sie war da.

Sie hing über dem Rand des Steins und merkte, dass sie mittlerweile den ganzen Unterarm eintauchen musste, um bis zum Grund hinabzureichen.

Als Erstes kamen zwei ganz kleine. Sie packte beide gleichzeitig, ließ sie in der Hand liegen und spürte, wie die Krabben versuchten, in ihre Haut zu stechen und zu kneifen, ohne dass man es gefühlt hätte.

Kurz darauf kam eine etwas größere, die sie genauso

mühelos fing. Danach wieder zwei kleine und eine weitere, noch kleinere.

Ihre Hand war voll, und sie schaute sich um, legte das Schneckenfleisch rasch auf dem Stein ab und lief ein Stück die Anhöhe hinauf. Dort gab es mehrere seichte Mulden, eine von ihnen war tiefer und noch halb mit Meerwasser gefüllt, das trüb und fast lauwarm war, aber es wuchsen Algen und es gab kleine Schnecken darin, und sie ließ schnell alle Krabben hineinfallen und entdeckte auf dem Rückweg, dass sie in ihrer Handfläche an zwei Stellen kleine Kratzer hatte, die sie jedoch nicht spürte.

Wieder zurück und hinein mit dem Köder, sie lehnte sich vor. Sofort drei neue, eine etwas größere. Noch zwei, auch die schnappte sie sich leicht. Ihre Hand war wieder voll.

Schnell hoch mit ihnen zu den anderen in die Mulde, im Laufen sah sie zu den Masten im Hafen hinüber. Sie würde schon sehen!

Sie wusste nicht mehr, wie viele es waren. Bestimmt mehr als fünfundzwanzig, dreißig. Eine ziemlich kleine hatte sie so in den Daumen gekniffen, dass es wehgetan hatte, aber sie blutete nicht, sie lief, legte den Köder zurück, lehnte sich vor, die Augen knapp über der Oberfläche, sie spürte, dass sie immer schneller atmete.

Sie *musste* noch da sein! Wo *war* sie?

Sie veränderte ihre Position.

Am Ende kamen nur noch kleine Garnelen, die sie fortwedelte. Aufmerksam suchte sie den Grund ab, schaute weit hinaus zu den Seiten, unter und neben den vielen Tang, ließ den Blick über alle Kanten aller Steine schweifen.

Die Sonne brannte nicht mehr so im Nacken, sie drehte sich um und sah, dass sie viel tiefer stand, sah, dass das offene Wasser vor der Insel noch ruhiger geworden war, dass es gleichzeitig blau und grün und ein wenig rosa war.

Schnell wandte sie sich wieder dem Grund zu. Der Köder? Noch da. Die Steine, die vielen kleinen Hohlräume und Steine, hinter denen man sich verstecken konnte?

Sie lag vollkommen still, ohne zu zwinkern, sehr lange.

Da.

Zunächst nur eine Schere. Dann die ruckartige Bewegung, beide Scheren, hinter dem Stein, der fast am nächsten lag, ganz in der Nähe der Stelle, von der sie auch beim letzten Mal gekommen war, und sie sah es wieder, das gleitende Rote, der weiße Punkt, der ganze Panzer, die großen Augen, und sie zog schnell die Hand weg und schauderte und ging auf die Knie, während die Krabbe näher kam und schluckte und kaute, und sie sagte »verdammtescheißeverdammtescheiße«, und dann legte sie sich hin, senkte ihre Hand wieder sachte zur Oberfläche, die Krabbe war dem Köder jetzt schon ganz nah, sie würde ihn sich schnappen und abhauen, es würde zu spät sein, sie würde es in ihre Höhle zurückschaffen, oder was immer es war, wo – und jetzt musste sie, *jetzt*!

Da, da – sie saß fest, sie *saß fest*! Mitten zwischen den Fingern, die Krabbe saß richtig fest, und es pochte und pochte heftig, und sie riss sie einfach aus dem Wasser, dass es spritzte, und schrie auf, denn es brannte irgendwo richtig tief, und da war eine Wunde, eine Wunde, aus der Blut lief, und so schnell sie nur konnte nahm sie die andere Hand zur Hilfe, damit sie das Tier in den richtigen Griff bekam, so, um den Panzer, und so und so, und ihre Hand tat wirklich weh, und sie drückte die Krabbe unter Wasser, und jetzt war es sicher, jetzt hatte das Tier keine Chance mehr, jetzt saß es zwischen ihren Fingern fest, und sie hielt das Tier möglichst weit von sich weg, während sie die schwarzen Scheren anstarrte und die behaarten Beine, die seitlich abstanden, die grauweiße Seepocke, dass die dort wachsen konnte, dass sie es einfach so konnte, und das eine Auge, das sich gar nicht bewegte, nicht wie das andere, ein Auge, das ganz starr zu sein schien, und dann der rote Panzer, das Rote und Braune und Dunkelrote, und sie streckte den Arm so weit aus und hätte sie am liebsten fallen gelassen, musste mehrmals tief Luft holen, sie ließ nicht los, die Krabbe spreizte sich weiter, Lina sah sie sich genau an, die fuchtelnden Scheren, die kleinen Plättchen im Maul der Krabbe, die mahlten und blubberten, sie hielt sie fest, spürte, wie es in ihrer Brust pochte und pochte, hörte die eigenen Atemzüge, sah das Blut von ihrer Hand, das sich allmählich im Wasser verteilte.

Verdammtes *Baby*?

Jetzt – jetzt würde sie schon sehen!

Sie stand ein weiteres Mal an der langen Reihe von Steinen, die hinüberführten. In der rechten Hand hielt sie die Krabbe, die unablässig mit den Scheren ausschlug. Ihr Kopf war schwer, ihr war heiß, sie hatte Durst, die andere Hand blutete immer noch.

Aber, die Steine, plötzlich sah sie es – das Wasser stand jetzt höher, noch höher, nur zwei oder drei von ihnen hatten einen kleinen Zipfel, der nicht bedeckt war, der Rest lag unter Wasser – wie schnell das gegangen war, wie lange war sie weg gewesen?

Sie trat vorsichtig auf den ersten Stein hinaus, der ganz schwarz war, und rutschte sofort ab, sie ließ den Fuß stattdessen an einem Stein auf dem Grund vorbeigleiten und fand einen sicheren Stand, sah sich jedoch gleichzeitig gezwungen, mit ihrer freien Hand Halt zu suchen, um nicht auszurutschen, und so balancierte sie sekundenlang, die Hand mit der Krabbe in Schulterhöhe hochhaltend, bloß nicht verlieren, auf gar keinen Fall!

Dann schließlich, ein weiterer Schritt, aber sie rutschte wieder aus und hätte die Krabbe beinahe loslassen müssen, um sich beim Fallen abstützen zu können.

Hastig kehrte sie ans Ufer zurück. Sie betrachtete die Boote fernab im Hafen, dann die Krabbe, deren Kiefer weiterblubberten, sie starrte erneut aufs Wasser und die Reihe der Steine, die schwache Strömung, die entstanden war, seit das Wasser freier über sie hinwegfloss.

Bis sie auf die andere Seite gekommen war, musste sie die Krabbe in etwas hineinstecken. Eine Dose, was auch immer, eine Flasche?

Sie *würde* es ihr zeigen. Musste es ihr zeigen!

Sie schaute sich um, ging ein kleines Stück, suchte entlang der felsigen Anhöhe. Trockenes Gras, eine Bierbüchse. Wie bekam man die kaputt?

Sie suchte weiter. Tangbüsche auf dem Felsen, alte Muschelschalen, von den Möwen ausgespiene Bällchen.

Hastig suchte sie den Himmel ab, ohne Vögel entdecken zu können, kehrte dann unverzüglich zu den Steinen zurück, tauchte die Krabbe und die blutende Hand kurz ins Wasser, sah sich erneut um, seufzte und setzte sich, hielt die Hand weiter ausgestreckt. Gleichzeitig waren Stimmen in der Nähe zu hören, Leute in Badeanzügen näherten sich auf der Anhöhe, sie lachten und unterhielten sich. Lina stand auf, die Leute wollten zu den Steinen, sie machte ihnen Platz.

»… ja, aber das finde ich doch auch!«, sagte eine Frau und begann sofort hinüberzuwaten, wobei sie sich vorgebeugt mit beiden Händen an den Steinen festhielt. Die anderen folgten ihrem Beispiel, keiner von ihnen sprach Lina an, »na, dann machen wir es eben, wie wir es besprochen haben …«, sagte ein Mann, und sie wateten alle schnell und problemlos hinüber, und als Letzte kam pfeifend eine jüngere Frau, und sie waren in null Komma nichts auf der anderen Seite, und Lina sah sie dort kurz darauf hinter den Felsen verschwinden.

Sie vermied es, die Krabbe anzusehen, suchte ein weiteres Mal schnell den Himmel ab, machte anschließend von Neuem einen Satz auf den Grund, hielt sich mit einer Hand fest, jetzt ein Schritt mit dem anderen Fuß, noch ein Schritt, sie stemmte sich gegen einen Stein – und rutschte aus.

Ich *muss* doch! *Jetzt!* Diese verdammten Miststeine! Dieses verdammte blöde Wasser, das gekommen ist und alles kaputt gemacht hat!

Sie stand still und atmete, kaute und spuckte, konnte keine anderen Leute mehr entdecken, die Ufer lagen trocken und menschenleer, sie stampfte mit dem Fuß auf.

Und auf der anderen Seite? Konnte sie vielleicht …?

Ihre Augen suchten den Felsen links von der Stelle ab, an der man hinübergelangte. Ein langgestreckter, platter Felsen. Leicht, sie dort zu finden. Und weit genug vom Wasser entfernt. Die Krabbe würde es niemals schaffen zurückzulaufen, bevor sie selbst ihr gefolgt war. Und an der einen Seite Gras. Sie würde … gut landen. Ein harter Panzer, alt.

Sie dachte nach, stand da und zielte mit der schmerzenden Hand, und der rote Klumpen ganz außen, der pausenlos tastete und dessen Kiefer sich bewegten, und dann das starre Auge – und sie sah die Krabbe nicht an, nein, das tat sie nicht, und sie schaute wieder zu dem Felsen dort hinten.

Das war nicht weit. Sie würde es schaffen. Nur ein leichtes Ausholen mit dem Arm, ein kleiner Wurf, und die Krabbe wäre drüben, und danach würde sie ihr ganz schnell folgen, und dann war die Krabbe auf der anderen Seite und erwartete sie, sie würde es unter Umständen schaffen, ein paar Meter zu laufen, aber, na und, sie würde die Krabbe sofort wieder einholen, kein Problem.

Und dann, dann würde sie über die Anhöhe laufen, zum Boot, und dort würde Anne auf dem Deck sitzen, und sie würde die Hand ausstrecken, und Anne würde sie direkt ins Gesicht bekommen und dann nur: Und, was sagst du jetzt, was sagst du jetzt!

Sie spülte die blutende Hand noch einmal ab, ein Hautfetzen und darunter das Fleisch, kontrollierte zweimal, dass keiner sie sah, und schwang anschließend den ganzen Arm über der Schulter vor und zurück, holte aus, tat zuerst einmal, als würde sie die Krabbe loslassen – sie durfte nicht zu *kurz* werfen, nein, bloß nicht zu kurz! –, dann noch einmal, etwas schwungvoller, und sie schaute die Steine entlang und musterte aufmerksam den Weg, den sie nehmen würde.

Sie streckte den Arm in die Höhe, beugte den Ellbogen, zielte einige Sekunden – und peitschte ihn nach vorn.

Sie sah den roten Körper durch die Luft fliegen, dass er gleichsam zitterte und die Beine und Scheren abstanden und es ein guter Wurf war, dass die Krabbe genau dorthin unterwegs war, wo sie hin sollte, und dann war sie im Wasser und hörte die Krabbe landen, ein stummes und sprödes Klatschen dort hinten, sie schien in der Mitte gelandet zu sein, und das war doch super, und sie kletterte schnell auf die Steine, fand mit den Händen mühelos Halt, rutschte an zwei Stellen aus, kam aber voran, kletterte auf den letzten Stein, auf den heißen, trockenen Fels und war auf der anderen Seite und lief sofort hin.

Da lag die Krabbe, sie war fast in der Mitte gelandet. Perfekt! Jetzt kam es nur noch darauf an … sie wieder zu packen.

Sie näherte sich, stand still und wartete, in der Sonne sah der rote Panzer fast schwarz aus. Sie trat noch näher, ging zwei Meter entfernt in die Hocke, die Krabbe rührte sich immer noch nicht. Sie blieb stehen und wartete ab; das war sie nicht gewöhnt, überhaupt nicht, sie war vorher bestimmt nie an Land gewesen!

Sie lächelte in sich hinein, streckte die Hand aus, näherte sich dem Hinterkörper, sachte über den Fels, noch näher – und dann! So! Daumen und Mittelfinger um den Panzer gelegt – sie saß fest, sie hatte die Krabbe, sie hatte sie!

Sie machte einen Schritt, dann sah sie es. Die Scheren. Die Beine?

Sie hingen. Brauchte die Krabbe Wasser?

Sie lief zum Wasser und tauchte rasch die Hand ein. Der Körper tropfte, als er herauskam, aber die Scheren hingen immer noch herab, das eine Auge war so starr wie zuvor, vom Panzer rann Wasser, die Seepocke war heil geblieben.

Nichts rührte sich. Sie drehte die Krabbe um, musterte den harten gelben Bauchpanzer, wagte es schließlich, an ihm zu kratzen.

Nichts rührte sich. Sie kratzte fester. Nichts. Superfest.

Nichts.

Sie hielt die Krabbe mit beiden Händen, hob sie hoch und betrachtete sie eingehend, den Mund und die schwarzen Augen und die scharfe Kante dort, wo Rücken und Bauch sich begegneten, und die Scheren waren rotschwarz und die vielen schwarzen Haare an den Beinen, und sie ließ nicht los, hielt die Krabbe fest, starrte, die Augen, die sich nicht rührten.

»Nein, ich habe nicht vor, da hinzugehen, das kannst du also jetzt schon …«

»Warum denn nicht, dann brauchen wir nicht kochen«, sagte Petra lächelnd.

»Wenn es nur darum geht, kann ich uns gerne etwas kochen. Aber nicht das … eine Menge Leute und …«

Sie hatten sich schließlich für Speis und Trank bedankt, und wieder großes Gelächter, als der Dicke sie über das Deck begleitete, dann waren sie an Land gekommen und sofort an Bord ihres eigenen Boots gegangen, sie winkten, erklärten, dass sie sich vielleicht ein bisschen hinlegen würden, Petra legte sich sofort in ihre Koje und zog die Beine an, Johan ging schnurstracks in die Toilette, setzte sich, pinkelte und legte sich anschließend in den Vorpiek, hörte die Schwalben hoch über dem offenen Luk pfeifen, erinnerte sich, dass er etwas hatte sagen wollen, ohne sich entsinnen zu können, was es war, und schlief ein.

Ein harter Laut, eine Dose, die zu Boden fiel, er sah Petra vor dem Spiegel in der Toilette stehen, direkt neben ihm, sie rückte ihr Bikinioberteil zurecht, ihr Unterkörper war nackt, die gewölbte Ritze, die den Po teilte, und die leicht sonnenverbrannte Haut und, als sie sich umdrehte, die hellen Haare, die vorn zu einem geraden Streifen rasiert waren.

Er räusperte sich laut, aber sie beachtete ihn nicht weiter, sondern ging in die Kajüte und zog das Unterteil an, rieb sich schnell Nacken und Ohren mit einer weißen Creme ein und stieg anschließend die Treppe in die Plicht hinauf, zum Heck, kletterte über die Seereling, balancierte, hob die Arme, ein dumpfer Ton, sie verschwand, tauchte ein, ein lautes Klatschen.

Er hatte eine Weile am Ruder gestanden, die Luft war diesiger als zuvor und das Sonnenlicht deutlich schwächer, dennoch brannte es auf der Haut seiner Schultern, und er sah ihr die ganze Zeit beim Schwimmen zu.

»Also, ich muss sagen, ich kann gut darauf verzichten, heute zu kochen«, sagte sie.

»Aber ich könnte uns doch was machen.«

»Was denn«, unterbrach sie ihn lachend, »... Gulasch aus der Dose? Echt lecker!«

Er schielte zu dem Zweimaster hinüber, der Dicke und seine Frau waren nicht zu sehen.

»Vielleicht nicht gerade ... Gulasch, aber was hast du, wir haben doch auch noch was anderes.«

»Zum Beispiel?«

»Na ja, wir könnten die Nudeln machen, mit Käsesauce.«

»Ja, du kannst ja deine superleckere Käsesauce essen, wenn du unbedingt willst«, sagte sie. »Gott, ist das schön hier im Wasser. Willst du nicht auch schwimmen gehen? Komm!«

Er musterte ihre Züge, den Körper, der schnell dahinglitt.

Hatte sie das jetzt ernst gemeint?

Sie schwamm weiter hinaus, er zog seine Shorts aus und holte die Badehose.

Als er sie erreichte und vorsichtig den Arm um ihren Hals legte, umarmte sie ihn plötzlich und küsste ihn, sie pressten sich aneinander und traten Wasser, er ließ die Hand über ihren Po gleiten und unter den Bikini, ihre Zunge war in seinem Mund, sein Geschlecht füllte sich mit Blut, sie machte sich frei und schwamm etwas weg.

»Ich werde jedenfalls hingehen«, sagte sie grinsend, »du kannst hier ja ruhig mit deinem Gulasch herumsitzen, wenn du unbedingt willst.«

Er erwiderte nichts, schwamm auf dem Bauch, zum Ende der Bucht schielend, sah für einen kurzen Moment den Mast dort, richtete den Blick jedoch gleich wieder auf sie, betrachtete erneut ihre schnellen Bewegungen, die Arme, die das Wasser durchschnitten, die Schenkel und die Knie, die aus dem Wasser lugten, sobald sie sich auf den Rücken legte.

Sekundenlang versuchte er, etwas zu formulieren, am Ende kam es heraus, ein paar Laute, die wie ein Husten klangen, sie schien es nicht zu hören.

Schnell holte er tief Luft, zog den Brustkorb zusammen, trat mit den Beinen und tauchte ein paar Meter unter Wasser, schwamm zurück, schwamm und schwamm, er hatte keine Luft mehr, sah den Rumpf jetzt von schräg unten, die blaue Ankerleine, die vom Grund hinauflief und an ihm vorbeiführte und immer weiter hinauf, und den Kiel und das Ruderblatt, das fast rot leuchtete von dieser Farbe, von der sie im Frühjahr Fieber bekommen hatten, und die Seepocken und giftgrünes Seegras an ein paar schmalen Partien, an denen sie schlampig gearbeitet haben mussten, und dann, weit, weit unter dem Rumpf, der Meeresgrund, der dort schimmernd und gelblich weiß und grün von Sand und Algen lag, und schließlich stieg er auf, hielt den rechten Arm gestreckt in die Höhe, lange bevor er die Oberfläche erreichte, stieg auf, hielt die Hand offen, durchstieß die Oberfläche und griff sofort nach der Querstange am unteren Ende der Badeleiter.

Die gewaltigen Klippen, allerorten gewissermaßen in die Runde geschleudert entlang der zwanzig Meilen langen Küste, die unzähligen Sunde, die sich in allen Richtungen um die Eilande und Schären schlängeln, die tief in das Festland eindringenden Buchten, die unwirtlichen, mit stattlichen Bergen bekleideten Ufer, die eine oder andere Aussicht auf den Spiegel des grenzenlosen Meeres oder dessen unruhige Wogen bilden dieserorts eine Szenerie, die jedermann unbekannt sein dürfte, der diese Regionen nie befahren hat. /…/ Mal erblickt man nach außen hin das unbegrenzte Meer, auf dem ohne Rast und Ruh Wellen auf Wellen folgen, einander in großartiger Einförmigkeit jagend, verfolgend, bekämpfend, zunichte machend. Mal schießt das Schiff in eine friedliche Bucht, in welcher der Sturm verstummt ist und sich die Wellen beruhigt haben. Mal umschifft man eine Klippe, an der sich das Meer mit grauslicher Wildheit bricht, als wollte es dieselbe in die Tiefe schleudern.

Johan Wallin, Beschreibung der Badeorte an Schwedens westlicher Küste, 1858

Einige Zeit später erkannte sie, dass sie sich nicht mehr in der Nähe der Furt befand, sie marschierte an der Anhöhe entlang hin und her und über das Gras in den kleinen Spalten zwischen den Felswällen, sie sah im Gehen zu Boden, sie gelangte zu einer trocken gefallenen Senke im Felsgrund, in der in dichten Trauben kleine schwarze Insekten saßen, und setzte ihren Weg an dieser vorbei fort und ging durch das Heidekraut, das knirschte, wenn sie darauf trat, und hielt die Krabbe weiter ganz fest.

Das war ja wohl nichts, würde Anne sagen. Die ist doch tot! Du hast sie totgemacht, bestimmt mit einem Stein oder sonst was. Du hast sie bestimmt mit dem Kescher gefangen, und danach hast du sie mit einem großen Stein totgemacht.

Sie stieg zu einem großen glatten und flachen Fels hinab, der ein Stück voraus an einer langen, hohen Felskante abbrach, und das Meer lag unter ihr zur Linken, und sie überquerte den flachen Felsen, folgte der einen Seite, bis sie wieder ins Gras kam, woraufhin sie in die andere Richtung ging.

Ich habe sie gefangen! Ich habe sie mit bloßen Händen gefangen!

Ja klar! Ne, ne, meine Liebe, du hast sie nur totgeschlagen, und dann kommst du hier mit ihr an und denkst, das würde mich interessieren!

Sie blieb sehr abrupt stehen. Die hohe Felskante erhob sich vor ihr, sie reichte etwas höher als ihr Kopf, sie würde vielleicht hinaufklettern können, dachte sie. Aber, der flache Fels unter ihr verschwand, eine große Spalte, tief, sie öffnete sich direkt vor ihren Füßen, eine Klamm, die zwischen dem Felsen und der Klippe und weiter verlief, die hatte sie überhaupt nicht gesehen und wäre beinahe hineingelaufen, und es war dunkel in der Spalte, und man konnte nicht sehen, wo sie unten aufhörte.

Sie stand einen Meter von der Kante entfernt, und als sie sich vorbeugte, ertönte plötzlich von unten ein dumpfer Laut, es rauschte und hallte und krachte und donnerte fast, und sie zuckte zusammen und wich zurück, schaute sich um, und es war still.

Ein weiterer, gleichartiger Laut, als sie hinablugte. Sie erkannte, dass es Wasser sein musste. Dass die Klamm zum Meer führte, und dann kam irgendwo das Wasser herein, und dann machte es Geräusche, wenn es unten anschlug.

Vorsichtig deponierte sie die Krabbe auf dem sonnenbeschienenen Fels, legte sich auf den Bauch und robbte vorsichtig näher an die Kante heran. Ein neuer Ton, noch lauter, man hörte ihn nur, wenn man sich über die Felskante beugte, es donnerte und grollte, sie konnte da unten nichts sehen außer der Dunkelheit, der oberste Teil der Felswände war noch zu erkennen, doch in der Tiefe gab es nur diese Laute, die durch die Luft prallten und waberten, und sie sah wieder aufs Meer hinaus, das blaurosa und fast vollkommen glatt jenseits des großen Felsens lag, und blickte anschließend erneut in die Dunkelheit hinab, aus der die lauten Töne aufstiegen, mit kurzen Pausen dazwischen, und es klang, als würden sehr kräftige Wellen hineinpreschen, dann zusammengezwängt und irgendwo am inneren Ende zerschlagen werden.

Wie weit mochte es bis dort unten sein? Weit, total weit.

Sie kniete sich hin. Und wie weit war es bis zur anderen Seite?

Die Felsspalte war nicht breiter als sie selbst.

Sie starrte lange in die Dunkelheit hinab, stand dann auf, ließ den Körper schnell nach vorn fallen und stützte sich mit den Händen am gegenüberliegenden Fels ab. Schräg vorgelehnt stand sie mit dem Ganzen und allen Lauten direkt unter sich, wie im Sportunterricht, wenn sie nach der Stunde die Waden dehnten, und sie presste die Hände fest gegen den heißen Stein, und die eine tat weh, und ihre Arme wurden allmählich schwer, und dann ertönte wieder ein lautes Grollen in der Tiefe, und es klang seltsam und hallte und wurde zu ihr hinaufgeschossen, und sie atmete jetzt viel schneller, und wenn sie hier nicht bald wegkam, denn so konnte sie nicht stehen bleiben … sie spannte die Muskeln an, ließ die Arme etwas einknicken und drückte sich ab. Dann lag sie wieder auf dem Felsen, neben der Krabbe, und sie waren weit von der Kante entfernt, und sie krabbelte noch etwas weiter weg, die Laute waren nicht mehr zu hören, sie nahm die Krabbe mit und lag da und spürte die Sonne auf Beinen und Stirn und merkte, dass sie das Pflaster verloren und Bauchschmerzen hatte, dass ihre Hand pulsierte.

Nach längerer Zeit setzte sie sich, den Blick auf die Krabbe gerichtet, auf.

Sollte sie … das Tier dort … fallen lassen?

Sie hielt die Krabbe behutsam in der Hand. Sie roch intensiv nach Salz, sie war kalt, und man hatte das Gefühl, dass sie immer noch nass war und tropfen konnte.

Ein Blick zurück zu der Felsspalte, in der es bestimmt weiter schwach grollte, wenn sie nahe genug heranging, aber sie stand auf, hielt die Krabbe wie in einer kleinen Schale fest und ging in die andere Richtung, mit dem Gewicht des Tiers auf ihren Händen.

Hin und her, am Ufer entlang, kleine Steine, größere Steine, ein langer Fels mit einem schwarzen Band aus Algen und dann weiße Vogelkacke und einige Felsblöcke, mehr Felsblöcke, und es gab immer noch keine Wolken, und sie setzte sich dicht hinter einen der größten schwarzen Blöcke und betrachtete ihre Knie und die Scheren der Krabbe und ihre Zehennägel und einige unglaublich kleine rote Punkte, die sich rasch über den Fels bewegten, und sie dachte daran, dass Anne ihr erzählt hatte, solche Punkte seien Spinnen.

Sie hatte dort sehr lange gesessen, den Blick aufs Meer gerichtet, und war sachte in eine halb liegende Position gerutscht und wusste nicht, wie lange sie so gesessen hatte, aber die Sonne stand inzwischen noch tiefer, und die Luft war lau, und es brannte nicht mehr im Gesicht, wenn man in den Himmel schaute.

Da waren Geräusche auf dem Fels, irgendwo in ihrer Nähe, zunächst rührte sie sich nicht, doch die Laute drangen wieder an ihr Ohr, keine Stimmen, Geräusche von Schritten, und dann waren sie noch näher, und daraufhin drehte sie sich schnell um und guckte um den Stein herum.

Auf den großen flachen Felsen näherte sich der kleine blonde Mann und ging fast genau auf die Stelle zu, an der sie saß. Sie war schon bereit, aufzustehen und vorzutreten, hielt jedoch in den Bewegungen inne, denn der Mann blickte schräg vor sich hin, zum Wasser hinab, und schien sie nicht bemerkt zu haben, sie blieb sitzen, er ging weiter, war ihr jetzt sehr nah, hatte den Steinblock erreicht und stellte auf der anderen Seite etwas ab, blieb dort für einen kurzen Moment stehen. Sie sah, dass er langsam Hemd und Hose auszog und eine Art zusammengerolltes Seil in der Hand hielt, aber er bemerkte sie nicht, und dann ging er zum Wasser hinab, und sie schaute weiter hin.

Er trug eine kurze helle Hose, hielt das Seil in der Hand und stieg ins Wasser hinab, ohne mit den Händen hineinzugreifen, und watete schnurstracks hinaus, das Wasser reichte ihm schon nach kürzester Zeit bis an die Brust, aber er blieb nicht stehen und verschwand plötzlich unter der Oberfläche, sie starrte hin, er war weg, Vögel schrien in weiter Ferne, aber sie schenkte ihnen keine Beachtung, und dann tauchten seine blonden Haare wieder auf, der ganze Kopf, und ihre Augen folgten ihm aufmerksam, als er im Wasser auf und ab ging, er lehnte sich vor, ließ von Zeit zu Zeit den ganzen Körper aufs Neue unter Wasser verschwinden, es tropfte von seinen Armen, als er das Seil ausstreckte und etwas dagegenlegte, und dann noch mehr, und es sah aus, als würde er schwarze Steine gegen das Seil legen, er beugte sich vor und hob von irgendwoher unter Wasser noch mehr schwarze Steine auf und schüttelte das Seil, das sich entfaltete und ein Netz war, und er ließ die ganzen Steine hineinfallen und ging längere Zeit auf und ab und hob auf, und sie überlegte, aufzustehen und schnell wegzurennen, aber dann drehte er sich auf einmal um und kam zurück, stieg aus dem Wasser, ging zu dem Steinblock hinauf, und sie kauerte sich dahinter zusammen, hörte seine Schritte auf dem Fels, das Rasseln des Netzes, legte sich hin und schaute.

Wieder stand er ganz in ihrer Nähe, stülpte das Netz um und leerte einen ganzen Berg großer Muscheln vor sich aus, sein Gesicht war ausdruckslos, der Körper drahtig und schlank, er stand da und entwirrte das Netz, das sich verheddert hatte, und ihr Blick fiel zufällig auf seinen Bauch, seine kurze Hose hing tief, sie starrte direkt auf seinen Bauch, wo keine Wülste oder Haare waren, nur glatte braune Haut ohne Falten, und in der Mitte – aber das gab es doch nicht…?

Sie sah immer wieder hin. Nein. Da war tatsächlich keiner.

Der Mann stand immer noch ihr zugewandt und war mit seinem Netz beschäftigt, und ihr Blick pendelte hin und her, sie verglich mit ihrem eigenen Bauch, dann wieder mit dem des Mannes. Nein, er hatte keinen. Nabel.

Sie blieb liegen und starrte ihn an, er drehte sich um und ging erneut zum Wasser hinab, und sie ließ ihn nicht aus den Augen.

Wie zuvor bewegte er sich zwischen den vorschießenden Felsen in der winzigen Bucht, es entstanden kleine Wellen, aber sobald er stillstand und pflückte, wurde die Wasseroberfläche ganz ruhig, und sie sah, dass es ihm an einer einzigen Stelle in kürzester Zeit gelang, das Netz halb zu füllen.

Vielleicht konnte es ja so sein? Dass man… keinen hatte?

Sie überlegte, während er weiterpflückte, und sie dachte, dass sie gerne Anne fragen würde, und schaute sich um, überall diese hellrosa gefärbten Anhöhen und Felswände, und es sah fast aus, als gäben sie eine Art Licht ab, und dann drehte sie sich wieder um, und der Mann war da draußen im Wasser und ging immer noch auf die gleiche Art, vorgebeugt, den Meeresgrund absuchend.

Das Netz war erneut gefüllt worden. Und noch einmal. Er leerte es zum vierten Mal aus, und sie saß so still wie zuvor und wartete darauf, dass er zum Wasser zurückkehren würde. Diesmal legte er das Netz jedoch weg und war auf einmal nicht mehr zu sehen. Sie hielt lange die Luft an, es war ganz still, vielleicht hatte er sich hingesetzt, gegenüber, auf der anderen Seite des Steins?

Da war er wieder, jetzt zog er sich an, die Hose – nein, er hatte keinen! – und dann das Hemd, und sammelte anschließend die Muscheln ein, er hatte eine große Holzkiste dabei, sie dachte, dass sie schwer sein würde, und er stand gebückt und legte die Muscheln hinein.

»Hallo«, sagte sie.

Sie war zu ihm getreten, ohne vorher darüber nachzudenken, die Krabbe hatte sie dicht neben den Stein gelegt, und er zuckte zusammen und machte einen Schritt zur Seite.

»Was tust du da?«, sagte sie, ehe er etwas erwidern konnte.

Der Mann ließ die Kiste los und streckte sich. Er sah sie freundlich an. Dann meinte er:

»Es ist bald Abend.« Seine Stimme war ruhig. »Du fragst, was ich tue.«

Es verstrichen einige stille Sekunden, Lina wusste nicht, was sie sagen sollte. Er zeigte auf die Kiste.

»Ich habe etwas zu essen gesammelt. Heute Abend werde ich sie kochen. Sie müssen zu sein, hast du das gewusst?«

Er bückte sich und gab ihr vorsichtig eine Muschel, zwischen der oberen und unteren Schale war ein Spalt.

»Hast du das gewusst?«

Sie schüttelte den Kopf.

»Wenn man gegen sie klopft, sollen sie sich schließen. Wenn sie das nicht tun, sind sie tot.«

Er nickte ihr zu.

»Probier es aus.«

»Und warum?«

»Sonst kann man sie nicht essen.«

Sie krümmte den Finger und klopfte leicht gegen die Schale. Unmittelbar darauf wurden die beiden Hälften fest zusammengeführt, und der Spalt verschwand.

»Hast du gesehen?«, sagte er. »Sie lebt. Gut.«

Es wurde wieder still. Sie legte die Muschel zwischen die anderen. Er sagte:

»Du und deine Freundin, ihr habt mir heute geholfen.«

Er stand ganz still und blickte aufs Wasser hinaus.

»Das war meine Schwester«, erwiderte sie.

»Deine Schwester«, sagte er und schien nachzudenken. »Bist du nicht mit deiner Schwester hier?«

Sie sah zu Boden, biss die Zähne zusammen.

»Nein, ich … wir … sie kann gerade nicht mit mir spielen.«

Er brummte in sich hinein.

»Vielleicht kann sie ja später wieder mit dir spielen.«

Er stand da und schaute ins Leere, ohne Kopf oder Körper zu bewegen.

»Ihr habt etwas gefunden, was ich verloren hatte.«

Sie musterte sein Gesicht, es war ruhig und sah nett aus.

»Die Uhr«, sagte sie.

Der Mann zog etwas aus seiner Hemdtasche, es war der runde Metallgegenstand mit den Zeigern.

»Aber keine *gewöhnliche* Uhr«, ergänzte sie schnell.

Er lächelte, ohne etwas zu sagen, und sie betrachtete die

Zeiger und die Zeichen auf der kleinen runden Tafel hinter dem Glas, und im gleichen Moment fiel ihr etwas ein.

»Weißt du was«, sagte sie und begann in den Taschen ihrer Shorts zu suchen, »weißt du, dass ich ein Ding habe, das auch solche da … warte mal.«

Schließlich zog sie das kleine weiße, harte Ding heraus, sie hatte ganz vergessen, dass sie es noch hatte.

Der Mann betrachtete es eine ganze Weile, drehte es um, und dann noch einmal.

»Das ist sehr alt«, sagte er und sah ihr in die Augen. »Es ist sehr ungewöhnlich. Woher hast du das?«

»Ich habe es von welchen bekommen … mit denen ich gespielt habe.«

Der Mann sah sie weiter an.

»Vorhin«, fuhr sie fort, »da drüben.«

»Hast du das vielleicht von … zwei Mädchen bekommen?«

»Ja?«

»Aha. Dann weiß ich Bescheid.« Er nickte und schaute sich um. »Dann verstehe ich.«

Es hatte den Anschein, als suchten seine Augen nach etwas.

»Da«, sagte er und streckte den Arm aus. »Der Stein, den du da drüben siehst.«

Sie drehte sich um, und er zeigte auf einen einsamen Felsen, der ein kleines Stück oberhalb von ihnen lag.

Er ging auf den Felsen zu, sie blieb stehen. Als er ihn erreicht hatte, ging er in die Hocke und legte die Hand auf den Stein.

Dann drehte er sich um und entdeckte, dass sie sich nicht von der Stelle gerührt hatte. Mit der anderen Hand machte er eine sehr langsame Bewegung.

Schließlich begriff sie, dass er sie zu sich winkte.

Der Fels sah aus wie alle anderen, er hockte immer noch, sie stand direkt neben ihm, seine Haare sahen eigentümlich dick aus, plötzlich überlegte sie wegzulaufen.

»Du musst mit den Augen ganz nahe herangehen«, meinte er.

Sie lehnte sich vor, währenddessen legte er den runden Metallgegenstand vor sich ab.

»Gib mir den Knochen«, sagte er.

»... was?«

»Was du mir gezeigt hast.«

Sie reichte ihm das weiße Ding, er hielt es vor ihrem Gesicht hoch.

»Ein Stück Knochen«, erklärte er.

Er legte ihn neben den runden Gegenstand und bewegte gleichzeitig den Zeigefinger über den Stein.

»Siehst du?«, sagte er.

Sie starrte hin.

»Nein.«

»Stell dich so, dass du einen Schatten auf meine Hand wirfst.«

Sie bewegte sich.

»Siehst du?«

Im Fels tauchten auf einmal eine Reihe von Zeichen auf, sie hatten undeutliche Ränder, die Finger des Mannes folgten den Linien und Krümmungen.

»Sie sind von gleicher Art«, sagte er und zeigte auf das Knochenstück. »Es ist die gleiche Sorte.«

»Aber«, sagte sie, und versuchte zu sehen, ob es irgendwo etwas mit einem L oder einem A gab, »was ... steht denn da?«

Der Mann hielt den Metallgegenstand so, dass sie ihn aus unmittelbarer Nähe betrachten konnte. Auch auf ihm sah man geschriebene Zeichen, die sie mit denen auf dem Stein und auf dem Knochen verglich, es waren dieselben, auch wenn das, was auf dem Stein stand, länger war.

Lina zeigte aufs Wasser hinaus.

»Wir sind vorhin auch in einem Boot gerudert, und da sind wir auf einer kleinen Insel gewesen, auf der es jede Menge Bilder und Buchstaben gab, die in den Fels eingeritzt waren, es waren total viele.«

Der Mann schielte zum Himmel hinauf, dann auf seinen runden Gegenstand hinab.

»Es gibt wohl niemanden mehr, der diese Sprache noch benutzt, ich glaube, dass nur sehr wenige sie beherrschen. Solche schmalen Buchstaben in den Stein zu hauen ist wirklich schwer. Man muss lange üben und das richtige Werkzeug haben, das genau zu dieser Art von Stein passt. Gerade auf dieser Insel gibt es zahlreiche solcher Einritzungen, aber das wissen nicht besonders viele. Man muss schon ganz genau hinschauen, um sie sehen zu können.«

Sie erwartete, dass er weitersprechen würde, aber der Mann schwieg. Dann sagte er:

»Ich bin viele Male auf dieser Insel gewesen. Ich weiß, wo die Einritzungen sind. Sie sind sehr alt.«

Er verstummte, richtete sich auf.

»Aber …«, sagte Lina nach einer Weile, leise, »was *steht* denn da?«

Er ließ den Blick auf einem Punkt weit vor sich ruhen, drehte sich dann um und nickte für sich.

»Was auf dem Stein steht.« Er schien erneut nachzudenken, wartete einen sehr langen Moment.

»Da steht vielleicht etwas, das jemand geschrieben hat, der hier nicht fort konnte«, sagte er. »Da steht vielleicht etwas, das geschrieben wurde, weil jemand keinen Wind bekommen konnte, um von hier wegzusegeln.«

Er lächelte und kehrte bedächtig zu der Kiste mit den Muscheln zurück, sie folgte ihm und bekam ihr Knochenstück wieder.

»Der könnte von einer Robbe sein«, sagte er. »Er könnte von einem Wal sein.«

Sie spürte, dass er ihren Blick suchte.

»Du musst sehr gut darauf aufpassen«, fuhr er freundlich lächelnd fort. »Er ist ungeheuer wertvoll. Verlier ihn nicht.«

Sie sah wieder auf die Zeichen auf dem Knochenstück herab.

»Und jetzt geh und such deine Schwester«, sagte er.

Damit hob er die Kiste an, und spröde Laute waren zu hören, als die obersten Muscheln übereinanderglitten. Er ging über den Fels, sie folgte ihm ein kurzes Stück, wusste nicht, was sie sagen sollte, aber dann fiel ihr ein, die Krabbe, hinten an dem Steinblock, sie musste sie holen, und sie blieb stehen. Er merkte es schnell und blieb ebenfalls kurz stehen.

»Du und deine Schwester seid herzlich willkommen«, sagte er. »Und deine Mama und dein Papa«, sagte er. »Ich lade heute Abend zum Essen ein. Ihr seid alle ganz herzlich willkommen.«

Er zögerte, sie dachte nach, wollte schon etwas erwidern, blieb aber stumm.

Schließlich nickte er ein letztes Mal, ehe er weiterging, langsam über die Anhöhe, die raschelnden Laute wurden immer leiser, die kleine Gestalt mit der großen Kiste vor sich in den Armen. Sie rührte sich nicht von der Stelle, bis er in der Ferne hinter einem Felsvorsprung verschwand.

Dann lief sie schnell zu dem Steinblock zurück. Hauptsache, sie war noch da, Hauptsache, sie war noch da.

Die Krabbe lag an der gleichen Stelle, sie kam ihr leichter vor als vorher, sie blickte aufs Wasser und alle Inseln hinaus und entdeckte in der Ferne einen kleinen weißen Leuchtturm und fand, dass er aussah wie ein Stück Kreide, und ihr fiel auf, dass viele der nassen Fußspuren auf den Felsen in Wassernähe noch nicht getrocknet waren. Gleichzeitig dachte sie: Vielleicht kann man es ja so haben – dass man keinen hat!

Der Rumpf schaukelte sanft hin und her. Er sah Petra kurz in der Plicht, sie holte etwas von der Leine, das sie zum Trocknen aufgehängt hatte, und hörte gleichzeitig, wie sie zu der Frau im Nachbarboot sagte:

»Sie scheinen da hinten schon angefangen zu haben.«

»Ja.«

Ein kurzer Moment des Schweigens.

»Aber«, sagte Petra, »wir könnten doch zusammen gehen, in einer Viertelstunde sind wir sicher fertig.«

»Ja, warum nicht«, erwiderte die Frau.

Petra stieg die Treppe hinab, ging in der Kajüte an ihm vorbei, stellte sich vor den Toilettenspiegel und bürstete ihr Haar. Sie rieb sich die Hände und das Gesicht mit einer Creme ein, zupfte den Pony zurecht, zog einen beigefarbenen BH an, ein beigefarbenes Top und eine helle lange Hose, schminkte Wimpern und Lider, summte vor sich hin.

Er saß auf der Backbordkoje und stierte ins Leere, hatte eine Hand auf seinen Bauch gelegt, der laute Geräusche von sich gab, und kratzte sich mit der anderen kräftig an Schulter und Schulterblättern.

»Verdammter Mist«, sagte er.

Sie machte vor dem Spiegel weiter, er dachte: Mein Gott, legt die sich vielleicht ins Zeug, und stand auf und zog das Polohemd und die Shorts aus.

»Hast du …?«, sagte er und schaute sich um, konnte die blaue Tasche nicht sehen, die sonst immer im Schott stand.

Sie antwortete nicht, er suchte weiter, merkte, dass von ihr ein intensiver Fruchtgeruch ausging, dass er Wasser benötigte.

»Großer Gott, Johan, was hast du denn gemacht?«, rief sie plötzlich und kam zu ihm.

»Du siehst ja ganz …«, sagte sie und legte behutsam eine Hand auf seinen Rücken, »warte mal, ich habe da eine gute …«

Sie holte ihr Necessaire und gab ihm eine weiße Plastiktube, »das ist eine Aftersun-Lotion«, und sie hielt den Handspiegel hoch, damit er sich über die Schulter sehen konnte, während sie sich die Sache genauer ansah, »aber Bärchen … die sind ja riesengroß!«

Sein Rücken war feuerrot und voller Pusteln, an mehreren Stellen fast wund. Er drückte einen farblosen Strang Salbe aus der Tube, und sie half ihm, die Creme einzumassieren. Anfangs kühlte sie ein wenig, doch bald fing es wieder an zu jucken, und er fluchte.

»Du darfst dich die nächste Zeit auf gar keinen Fall mehr sonnen«, sagte sie. »Wenn es so aussieht, muss man den ganzen Tag etwas anhaben. Und du darfst dich nicht kratzen, davon wird es nur noch schlimmer.«

»Ja ja.«

Sie sprachen noch eine Weile über die Pusteln, und sie wies ihn an, sich auch im Gesicht einzucremen, und er konnte sich nicht zurückhalten, und sie verbot ihm noch einmal, sich zu kratzen.

»Das ist nicht so verdammt einfach!«, sagte er. »Es fühlt sich an, als würde … So ein Mist! … Hast du übrigens meinen blauen Pullover gesehen?«

Sie suchten nach der Tasche, fanden sie schließlich im Vorpiek, aber es lag nur seine lange Hose darin. Er zog sie an, stand mit nacktem Oberkörper da, es wurde langsam schummrig in der Kajüte, und er machte die Wandlampe an und merkte, dass sie ihn ansah.

»Was ist?«

»Nichts, ich habe nur …« Sie schwieg einige Sekunden, er wartete. Dachte schnell: Jetzt, jetzt würde noch etwas kommen, jetzt gleich, was immer es sein würde.

»Ich habe nur gedacht«, sagte sie, »dass du das Leinenhemd anziehen könntest. Dass es sicher gut für deinen Rücken ist.«

Er schüttelte den Kopf.

»Das habe ich leider nicht mit.«

Er streifte sich ein weißes T-Shirt und einen braunen Pullunder über, sie sah ihn immer noch an.

»Du, Johan«, ihre Augenbrauen waren nicht wie sonst, die Stimme war leiser. »Können wir nicht …«

Sie schwiegen und sahen sich an. Schau jetzt nicht weg, dachte er, sei nie derjenige, der wegsieht, nicht als Erster. Sie blinzelte, ihre Atemzüge kamen fast gleichzeitig.

»Ich finde, wir sollten«, sagte sie, »das zu Hause auch mal machen, öfter. Können wir nicht ein bisschen öfter ausgehen und uns mit Leuten treffen, etwas Leckeres essen gehen?«

»Hallo, wie läuft es denn so da unten?«, schallte es, gefolgt von einem Lachen, von draußen zu ihnen herein.

Sie atmete aus, nickte ihm zu, musterte seine Kleider.

»So kannst du gehen«, sagte sie und lächelte ihn plötzlich an. »Aber gekratzt wird nicht mehr.«

»Nein, nein«, erwiderte er ebenfalls lächelnd, sie küssten sich, und sie erhob schnell die Stimme, »wir kommen, wir kommen, wir wollen nur noch schnell die Schuhe putzen!«, und man hörte Lachen und freundliche Kommentare vom anderen Deck.

Jetzt war das Deck leer. Lina ging langsam über die Anhöhe, konnte auch keine Bücher sehen, die liegen geblieben waren, nur die kurzen Seile, die an den Klampen befestigt wurden, und darüber hinaus das weiße, raue Plastik, und im Heck war niemand zu sehen.

Vorsichtig kletterte sie auf die gebogene Metallstange ganz vorn und ging über das Deck. Sie schaute nach unten, sah niemanden in der Kajüte.

Sehr leise sagte sie:

»Hallo.«

Keine Antwort. Sie suchte das Deck ab, Annes Handtuch lag über die Winschen auf dem Kajütdeck geworfen, und sie griff danach, es war warm und feucht, und wickelte die Krabbe schnell hinein und ging nach unten.

Ihr Vater lag schlafend in seiner Koje, Anne war nicht da. Lina setzte sich auf ihren Schlafsack im Vorpiek, spielte mit dem zusammengefalteten Handtuch und lehnte den Kopf gegen den gepolsterten Regalrand. Es pochte schwer in ihrem Nacken und in den Ohren, sie schloss die Augen und legte einen Arm über ihr Gesicht, hörte dabei, wie ihr Vater kurz schnarchte.

Sie blieb längere Zeit zurückgelehnt liegen, merkte, dass sie immer langsamer atmete, dass sie kurz davor war einzuschlafen. Schließlich zwang sie sich, die Augen zu öffnen und aufzustehen, und sah, dass ihr Vater aufrecht in seiner Koje saß und vor sich hin stierte. Sie beobachtete ihn eine Weile, er rührte sich nicht, zwinkerte nicht, saß nur da, atmete, sein Mund stand ein klein wenig offen, die Augen waren groß und rot, sie wartete, war sich nicht sicher, ob er sie gesehen hatte.

»Du, Lina«, er sah nicht zu ihr hin, sie blieb sitzen, die Hände in den Schoß gelegt, und sah ihn weiter an.

»Ich denke, ich sollte euch erlauben, nach Hause zu fahren«, sagte er sehr langsam, fast ein wenig lallend. Er machte eine lange Pause, schluckte. »Das ist sicher das Beste … Lina.« Er seufzte und verstummte wieder.

»Ihr müsst nach Hause fahren«, flüsterte er fast. »Und du denkst vielleicht über mich, Scheiße, dieser verdammte alte Sack.«

Er verstummte erneut, sie betrachtete die Tischplatte, den Mast, der mitten hindurchging und danach weiter durch die Planken und bis in den Boden des Kiels.

»Das«, sagte er, »das meine ich wirklich. Dass du und Anne jetzt nach Hause fahren solltet, morgen … ich hätte nie gedacht, dass ich hier so werden würde … hier draußen … als wir gefahren sind, habe ich mich noch gar nicht so gefühlt … Du weißt ja, wir sind immer zu einer von den Inseln hier gefahren, Mama und ich … und jetzt, als ich hierher gekommen bin, da … Aber jetzt habe ich beschlossen, dass ich nach Hause fahren werde. Morgen.«

Er saß starr, blieb vollkommen regungslos, sein Gesicht war bleich, die Stirn voller Schweiß. Er wandte sich ihr zu, streckte die Hand aus und sah ihr in die Augen.

»Das wird bestimmt besser sein«, sagte er bedächtig, »das ist doch sicher das Beste, Lina, wenn wir nach Hause fahren, oder nicht?«

Sie ließ zu, dass er ihre Hand nahm, er drückte sie, sie saß still.

»Morgen rufen wir auch Mama an, stimmt's?«, sagte sie leise.

Er dachte nach, nickte dann, brummte zustimmend. Mit einer ausladenden Handbewegung nahm er sich ein Plastikglas aus der Pantry, füllte es mit Wasser aus der Literflasche, leerte es, füllte es wieder, leerte es, füllte es noch einmal und reichte ihr das Glas. Sie trank es leer und stellte es auf den Tisch.

Er begegnete für einen kurzen Moment ihrem Blick, ließ dann ihre Hand fallen und legte sich in seine Koje. Sie blieb sitzen, hörte, dass seine Atemzüge schon bald sehr regelmäßig gingen.

Sie ließ den Oberkörper rücklings gegen das Polster fallen, legte sich auf die Seite, ohne das Kissen zurechtzurücken, der Reißverschluss im Schlafsack, der gegen die Wange drückte, es pochte dumpf und schwer in ihrem Kopf, der Plastikgeruch von Wänden und Decke, sie versuchte, sich zu erinnern, was er gesagt hatte, ohne sich an etwas anderes als einzelne Worte entsinnen zu können, ihr war, als drehte sich das Boot, vom Himmel drang auf einmal das ungeheuer schnelle Pfeifen von Vögeln zu ihr herab, und danach war es wieder vollkommen still.

Ehe sie einschlief, dachte sie noch: Die vielen Steine. Anne. Das Gluckern im Bauch. Die Krabbe.

Auff dem felsigen Grund des Eilands /…/ stehet eingemeißelt:

Willumhey das ist mein Name;
Komm zu mir, dann wirst du einen guten Hafen bekommen.

Ein Stein lieget am selbigen Orte daneben vonn solcher Größe, daß 3 à 4 Männer ihn herumwältzen können; auf dessen obiger Seyte stehet eingemeyßelt:

Dreh mich umm wie einen Ring
Darob wirrst du sehn ein merckwürdig Ding.

Auf der Seyte gegenüber soll ein Schwall unflätiger Worte stehen, so daß all jene, die ihn umgedrehet haben und selbige Schrifft gelesen, gernn die Mühe auf sich genommen haben, ihn zurückzurollen, wie er zuvor lag, auf daß sie nicht die letzten bleyben sollten, die hierdurch genarret würden, darum daß sie anderen gern das gleyche Privilegium gönnen.

Pehr Kalms Wästgöthische und Bohusländische Reise, unternommen im Jahre des Herrn 1742

Das Wasser lag fast schon unnatürlich still, als sie sich über die Felsen zum innersten Teil des Hafens begaben, wo ein kleines Feuer zu sehen war. Johan ging hinter Petra und den beiden anderen, der Himmel war immer noch hellblau, aber die Sonne stand kurz über dem Horizont und war von schwach aufgelösten Feldern in Orangerot und Rosa umgeben. Irgendwo in weiter Ferne hörte man einen Außenbordmotor, ansonsten war es still, die Frauen plauderten, der dicke Mann schlug sich auf den Arm und machte eine scherzhafte Bemerkung über kleine Stechmücken.

Eine kleine Feuerstelle aus zusammengetragenen Steinen, darüber ein größerer altertümlicher Kessel mit Deckel. Es roch nach Gewürzen, Salzwasser und Ruß, überall auf Decken und Felsen ringsum saßen Menschen und unterhielten sich. Petra begrüßte einige von ihnen höflich, Johan konnte sich nicht erinnern, eines der Gesichter im Laufe des Tages gesehen zu haben. Der Dicke und seine Frau gingen zum Kessel, Johan blieb ein wenig abseits stehen. Auf einem Tuch, das ausgebreitet auf einem Stein neben dem Feuer lag, saß der blonde Mann vor einem Stapel Teller und Tassen.

»Riechen tut es jedenfalls schon einmal köstlich«, meinte der dicke Mann und hob den Deckel ein wenig an.

Johan sah, wie der Blonde ihnen das Gesicht zuwandte. Schmale Schatten legten sich in die Falten auf seiner Stirn, seine Haut war sehr braun, die Haare wirkten noch blonder als zuvor.

»Herzlich willkommen. Wie schön, dass ihr gekommen seid.«

»Oh je«, sagte die Frau des dicken Mannes, »das sind ja *Muscheln*«, sie breitete die Hände aus, »wie schade«, sie sah den Blonden schnell an, »Sie müssen wissen, von Muscheln ist mir einmal furchtbar schlecht geworden. Seither kann ich keine mehr essen.«

Der Blonde nickte. Gemächlich begann er, mit einem Holzlöffel Muscheln und Sud aufzutun.

»Ich habe sie selbst gesammelt«, erklärte der Blonde. »Es ist erst ein paar Stunden her. Ich habe sie sorgfältig kontrolliert, so dass alle noch lebten, als ich sie in das kochende Wasser gelegt habe. Ich habe sie sehr behutsam mit zwei Sorten Zwiebeln, Öl, ein wenig Salz und einigen Gewürzkräutern gekocht, die ich auf der anderen Seite der Insel gefunden habe.«

Er hielt ihr den Teller hin, sie lächelte und sagte, dass es zwar gut rieche, sie jedoch leider keine Muscheln essen könne, nahm aber dennoch den Teller an.

»Diese hier können Sie essen«, sagte er und gab ihr einen Holzlöffel. Er sah sie unverwandt an und bemerkte ganz leise: »Ich verspreche Ihnen, dass Sie sich diesmal nicht den Magen verderben werden.«

Sie sah ihren Mann an, wandte sich anschließend zögernd Johan und einigen anderen zu, die in der Nähe saßen.

»Also, ich muss sagen, es hat wirklich fantastisch geschmeckt«, sagte ein bärtiger Mann, wobei er eine Muschel von seinem Teller nahm und das Fleisch heraussaugte.

Johan blieb ein Stück vom Feuer entfernt stehen, die Frau des Dicken setzte sich mit ihrem Teller auf einen Stein, Petra war als Nächste an der Reihe, und der Blonde hielt ihr einen Korb hin.

»Bitte sehr. Ich habe Brot gebacken. Ich habe es mit Kräutern und Meersalz gewürzt. In den Fässern dort hinten auf dem Hang gibt es Weißwein und Süßwasser.«

Johan sah, dass die anderen jeder einen Holzbecher bekamen, den sie zur Hälfte mit Wein füllten, Petra aß bereits, sie machte eine ausgesprochen lobende Bemerkung über das Essen. Er wartete, ließ den Blick über alle, die dort saßen, und über den Hafen schweifen.

»Aber Johan, willst du nicht auch etwas haben?«

Er drehte sich um, ging langsam zu ihr, von ihrem Teller stieg Dampf auf, die Muschelschalen glänzten schwarz, und das orangegelbe Fleisch leuchtete in den Spalten, es roch nach Knoblauch und Butter, und er spürte ein Ziehen in seinem Bauch. Er nahm ein Stück von ihrem Brot, blickte verstohlen zu dem Blonden hinüber, der sitzend einigen anderen, die auch gerade erst gekommen waren, Muscheln servierte.

»Und ich habe gedacht, wir würden – grillen«, sagte der Dicke und schaute sich um, und alle im näheren Umkreis lachten.

Petra knuffte Johan in die Seite.

»Willst du wirklich nichts, ich habe gedacht, du hättest Hunger?«

»Doch, doch, sicher. Ich will nur noch warten, bis die zwei da etwas bekommen haben.«

Weitere Menschen hatten sich ihnen angeschlossen. Von den flachen Felsen, auf denen sie saßen, stiegen dünner Rauch und ein heiteres Stimmengemurmel zum immer tiefblaueren Himmel auf, weit draußen erschien der Horizont wie ein grauer, schemenhafter Strich. Ein ums andere Mal hörte man Lob für das Essen, der blonde Mann blieb in der Nähe des Kessels sitzen und nickte leise lächelnd allen zu, die ihn ansprachen. Etwas weiter entfernt holte jemand eine Gitarre heraus und begann sehr leise, aber gekonnt zu spielen, die Melodie sagte Johan nichts. Er hatte schließlich Petras Teller und Becher bekommen, sie holte neue für sich selbst. Er vermied es, sich zu setzen, bog im Stehen ein paar Schalen auseinander und trennte die Muskeln ab.

Das Muschelfleisch war weich und perfekt gesalzen, die kleinen schwarzen Herzen schmeckten nach Knoblauch und etwas anderem.

»Ist es nicht wirklich gut?«, sagte Petra.

»Mmm.«

Der dicke Mann und seine Frau waren mit einigen Paaren mittleren Alters, die neben ihnen saßen, ins Gespräch gekommen, Petra hatte sich auf der Stelle in die Konversation eingeschaltet, und Johan trat Schritt für Schritt auf den Felsen immer näher an sie heran.

»... ja, es ist wirklich unglaublich schön«, erklärte ein fröhlicher Mann mit krausen Haaren, »es ist, als stünde man da und würde reines Licht ausgießen, als stünde man sozusagen mit flüssigem Licht in den Händen ... wir werden das heute Abend bestimmt wieder tun, nicht wahr«, er wandte sich den anderen in seiner Gesellschaft zu, »sollen wir uns diese Nacht nicht wieder bis zum Meeresleuchten wach halten?«

Die anderen stimmten ihm zu und erhoben, einander zuprostend, die Becher, Petra stellte eine Frage, und der Mann mit den krausen Haaren antwortete ihr, und daraufhin wandte sie sich Johan zu und fragte ihn, ob er sich nicht setzen wolle. Er stellte sich vor und erntete einige »Hallos« und freundliche Blicke.

»Nein, schon gut…«, antwortete er ihr leise und deutete auf seinen Rücken. »Ehrlich gesagt, spüre ich so weniger davon. Wenn ich stehe.«

Gleichzeitig entdeckte er etwas in seiner Hosentasche, etwas Weiches und Dünnes, und zog es heraus.

Die kleine Stoffflagge. Er stellte sich so, dass Petra sie nicht sehen konnte. *Wie* war die dort gelandet?

»Da hinten, wo wir mit unserem Boot liegen, sieht man es richtig gut im Wasser«, sagte eine Frau, die neben dem Kraushaarigen saß, und zeigte über die Anhöhe hinter ihnen, »da gibt es wirklich viel Meeresleuchten im Wasser.«

Johan betrachtete die Frauen, das Gespräch wandte sich schnell einem anderen Thema zu, Möwen in ihrer Nähe gaben kurze leise Laute von sich, und er drehte sich um, sah den Rauch und das Feuer, das Gesicht des Blonden, den Widerschein auf den Felsen und den Reihen sitzender oder halb liegender Silhouetten, Kinder und Erwachsene, mehrere Hunde, in der Ferne das Ende des Gitarrenhalses, der hochragte, helle, dünne Kleider, die dunkelrote Farbtöne annahmen, Insekten, die mit ruckartigen Bewegungen im spärlichen Licht schwärmten.

Über die Anhöhen und Felsen ringsum sah man weitere Menschen näher kommen. Er zählte mindestens fünfzehn Stück. Alle bewegten sich auf das Feuer zu.

Petra hatte sich noch eine Portion geholt und sich wieder zu den anderen gesellt, man hörte Lachen und kurze Lieder aus dieser Richtung, jemand hatte eine Pfeife, ein anderer schenkte Kaffee aus einer Thermoskanne ein.

Johan leerte rasch seinen Becher mit Wein, machte ein paar Schritte und ging danach noch ein kurzes Stück.

Längere Zeit blieb er etwa zwanzig Meter von der Feuerstelle entfernt stehen und betrachtete das Meer und den Himmel.

Auf einigen ausgelegten Sitzkissen in seiner Nähe saß eine Gruppe von Männern mit Bierbüchsen.

»Ach ja …«, sagte Johan und trat plötzlich zu ihnen.

Die Männer schauten hoch, ihre Blicke waren träge.

»Wie ist es euch eigentlich vorhin ergangen«, sagte Johan, »mit den ganzen Ankern, meine ich?«

Kurze Lacher ertönten.

»Ach *das*«, meinte einer von ihnen, »kein Problem, wir haben sie einfach zurückgelegt, das hat super geklappt.«

»Hier im Hafen gibt es ja nur Schlick, nicht wahr«, sagte Johan schnell, »am besten eignet sich also eigentlich ein CQR.«

Er bekam keine Antwort und lehnte dankend ab, als einer der Männer ihm anbot, sich zu ihnen zu setzen.

»Kennt ihr den etwa nicht? Den CQR-Anker?«

Sie lachten ein bisschen und antworteten verneinend.

»Wie lange habt ihr euer Boot denn schon?«

»Na ja, noch nicht besonders lange«, sagte ein junger Mann mit schwarzen Haaren. Johan erkannte ihn, es war der Mann, der sich das Dingi ausgeliehen hatte. »Es ist das Boot seines Vaters. Wahrscheinlich können wir es kaufen.« Der Mann zeigte auf einen der anderen, sie lachten erneut.

Johan lächelte, nickte.

»Ja, es ist nicht immer leicht«, sagte er, als sich das Lachen gelegt hatte, »es gibt viel zu bedenken, wenn man so ein Boot hat. Man muss Seekarten lesen können, wissen, wie man segelt und wie man sich benimmt, man muss die richtigen Knoten beherrschen …«

»Willst du einen Schluck?«, unterbrach ihn einer der Männer. Johan bekam einen Flachmann aus Metall, musterte den Mann und nahm ein paar große Schlucke.

»Das ist schon eine ganze Menge«, fuhr er anschließend fort. »Wenn man das alles nicht beherrscht, sollte man vielleicht … nicht ganz so oft auf große Fahrt gehen. Ehrlich gesagt gibt es sonst meistens nur Probleme. Oder was meint ihr?«

Die Männer schwiegen einige Sekunden, dann sagte der Mann mit dem Flachmann:

»Wie jetzt?«

Johan stand weiterhin da und blickte auf ihre Gesichter herab, er kratzte sich an den Schultern und stellte sich so, dass sein Körpergewicht auf das andere Bein verlagert wurde.

»Ach, ich finde einfach nur, dass man sich gut benehmen soll. Damit man nicht zu einem Problem für seine Umgebung wird.«

Er lächelte sie an, ohne dass sein Lächeln erwidert wurde.

»Ich finde nur«, sagte er sehr ruhig, »dass ihr vielleicht seinen Vater oder sonst wen bitten solltet, euch erst einmal zu zeigen, wie so ein Boot funktioniert, *bevor* ihr zu den Häfen hinausfahrt und den Leuten eine Menge Ärger macht, die sich entspannen und ein bisschen Spaß haben wollen.«

»Äh … was ist denn mit dir?«

Einen kurzen Moment blieb es still, Johan rührte sich

nicht, versuchte festzustellen, ob einer von den anderen auch noch etwas sagen wollte.

»Tja, das wollte ich nur einmal gesagt haben«, erklärte er. »Damit ihr wisst, worauf es ankommt. Wenn man mit einem Segelboot unterwegs ist.«

»Ach, hau doch ab, du motziger Kotzbrocken«, lachte einer der Männer und schob eine leere Bierdose in seine Richtung.

»Vielleicht solltet ihr lieber …«, setzte Johan an und spürte gleichzeitig, dass eine Hand auf seine Schulter gelegt wurde.

»Hallo. Und worüber unterhaltet ihr euch so?«

Hinter ihm stand der dicke Mann, und es blieb ein paar Augenblicke still, bis der Dicke den Männern zunickte, ein paar entschuldigende Worte fallen ließ und Johan anschließend fortzog. Sie näherten sich dem Wasser, der Dicke versetzte Johan einen leichten Schlag auf die Schulter.

»Was war denn das … das klang ja fast, als hättet ihr euch …?«

»Ach nichts«, Johan spuckte aus und gab sich Mühe zu lächeln, »solche Typen …«, er war außer Atem, versuchte, den Satz zu beenden, ohne dass er eine Ahnung hatte, was er eigentlich sagen wollte.

Sie standen eine Weile da und blickten auf den Hafen hinaus, der Dicke räusperte sich:

»Jedenfalls verdammt schönes Wetter. Es sind doch Abende wie dieser, um die es einem geht. Deshalb ist man doch unterwegs, nicht wahr? Und das Festessen hier ist doch auch richtig nett gewesen, oder?«

Johan kratzte sich, brummte kurz zustimmend, langsam näherten sie sich wieder dem Feuer.

»An einem Abend wie diesem liegen wirklich überall

Boote«, fuhr der Dicke fort, »man kann praktisch an jeder Landzunge anlegen.«

Sie bemerkten, dass jemand direkt auf sie zukam.

»Hallo«, sagte der Dicke, »das haben Sie wirklich toll hingekriegt.«

Der blonde Mann stand jetzt bei ihnen, Johan starrte zunächst auf den Fels hinab, dann in das zerfurchte Gesicht kaum einen Meter von seinem eigenen entfernt.

»Das hört man gern«, erwiderte der Blonde.

»Und dann diese Muschelsuppe«, sagte der Dicke, »unglaublich gut, kochen Sie die öfter?«

Der Blonde nickte mit einem Lächeln, Johan rührte sich nicht.

»Ich tue immer das Gleiche, wenn ich an einen neuen Ort komme«, meinte der Blonde. Er machte eine Pause, sah sie dabei freundlich an.

»Ich schaue mich aufmerksam danach um, was es gibt. Manche Dinge fallen einem eher ins Auge als andere, die Augen sehen gleichsam schärfer, wenn man in gewisse Richtungen schaut.« Er schwieg einen Moment. »Anschließend sammele ich, was ich gesehen habe. Und dann versuche ich, daraus etwas zu machen. Und am Ende gebe ich es ab, ich will es dann auch zurückgeben. Zumindest einen Teil davon will ich doch zurückgeben. Ich hoffe, ihr versteht, wie ich das meine.«

»Na ja, jedenfalls ist es wirklich sehr nett von Ihnen gewesen, das kleine Fest für uns zu organisieren«, sagte der Dicke.

»Ich hoffe, dass es euch gefällt«, entgegnete der Blonde. »Ich habe lange darüber nachgedacht. Aber ich glaube, diese Insel ist der beste Treffpunkt.«

Es trat eine kurze Stille ein.

»Äh …«, sagte der Dicke, »wie meinen Sie das?«

Der Blonde drehte sich um und zeigte zu einer der weiter entfernt liegenden Felserhebungen hinauf, die im Zwielicht lag und dunkelrosa und diffus wirkte, am Kamm jedoch scharfe Konturen hatte.

»Oben auf Lagö hat man keine so weite Aussicht. Und auf Känsö«, er wandte sich um und zeigte auf die andere Anhöhe hinter ihnen, Johan drehte den Kopf nicht dorthin, »hätten es sicher nicht alle bis nach oben geschafft. Außerdem hätte es dort zugig werden können.«

»Wieso Lagö?«, wandte der Dicke mit einem kurzen Lachen ein. »Das hier ist doch wohl … Trinisla?«

Der Blonde entschuldigte sich.

»Ich pflege sie so zu nennen. Das habe ich mir vor langer Zeit angewöhnt. Sie wissen Bescheid?«

Der Blonde blickte ins Leere, Johan versuchte sich zu geben, als hörte er überhaupt nicht zu.

»Worüber?«, sagte der Dicke schließlich.

»Dieser Hafen hier ist wirklich sehr alt«, erklärte der Blonde ruhig. »Handelsleute haben ihn benutzt, die von weither kamen. Sie zogen ihre Knorren auf dieser Seite dort an Land, denn damals stand das Wasser noch viel höher als heute. Später kamen dann die Koggen, und die mussten auf der anderen Insel anlegen … da drüben.« Johan rührte sich nicht, der Blonde betrachtete erneut das Feuer, ohne zu zwinkern, und nickte gleichzeitig: »Zu jener Zeit waren die drei Inseln noch durch das Meer voneinander getrennt. Und jede von ihnen hatte damals ihren eigenen Namen. Dann kamen andere Namen. Und danach wieder andere. Das ist mittlerweile wirklich sehr lange her.«

»Und wie heißt die Insel hier?«, sagte der Dicke.

»Wir stehen in der Mitte, auf Fejdö. Das ist alles so lange her.«

»Fantastisch«, sagte Johan unvermittelt, die anderen verstummten, »wie viel Sie *wissen.*« Er spürte, dass sein Puls deutlich schneller ging. »Wir sind wirklich irre, irre beeindruckt.«

Der Blonde sah Johan durchdringend an, ohne etwas zu entgegnen.

»Wie meinen Sie das?«, fragte er schließlich.

»Ich meine das, was ich sage«, erwiderte Johan und versuchte weiter mit gedämpfter Stimme zu sprechen. »Dass einen jemand, der so viel kann und weiß, wirklich wahnsinnig beeindruckt. Und Sie, Sie können doch so gutes Essen zubereiten, Sie wissen so viel über diese Insel, Sie manövrieren Ihr Boot so geschickt – ja, Sie können einfach so unglaublich, unglaublich viel.«

Er merkte, dass der Dicke eine Art Geste mit den Händen machte. Der Blonde wartete und sagte dann:

»Es herrscht sehr ruhiges und angenehmes Wetter. Ich segle mit meinem Boot umher. Ich segle mit ihm zu einem Ort, an dem das Wetter gut und der Hafen sicher ist. Tun Sie das nicht auch?«

Der Dicke lachte auf, hüstelte, stampfte mit den Füßen und stimmte zu, »selbstverständlich«, Johan holte Luft.

»Es spielt keine Rolle, was Sie sagen. Ich bin trotzdem unglaublich beeindruckt. Sie können so viel, dass man gar nicht mehr weiß, wohin mit sich. Großer Gott, ich glaube, ich bin seit Jahren nicht mehr von so einem Haufen Scheiße beeindruckt gewesen.«

Der Blonde wartete schweigend zwei, drei Sekunden ab, sein Blick wanderte ruhig vom einen zum anderen, sein Gesicht war ausdruckslos. Dann trat er etwas näher, und Johan wich zurück.

Der Blonde sagte:

»Ihre Stimme klingt angespannt. Es sieht ganz danach aus, dass Sie sich einen Sonnenbrand geholt haben. Sie müssen viel Wasser trinken und sich möglicherweise etwas ausruhen.«

»Ach, halt doch die Schnauze!«, sagte Johan und stapfte davon, er sah flüchtig zu Petra ein Stück entfernt, die immer noch an ihrem Platz saß und sich mit der Frau des Dicken und den anderen Leuten unterhielt, der dicke Mann holte ihn praktisch sofort ein, und Johan spürte, dass er Mühe hatte, schnell genug zu atmen.

»Dieser verdammte Idiot«, sagte Johan und setzte seinen Weg über die Felsen fort. »Der ist doch total …«

»Aber warum willst du denn …?«

Johan blieb nicht stehen, ging noch schneller, einige breite Senken, in denen Familien lagen, die aßen und tranken, immer noch pochte und pochte es in seiner Brust, und der Dicke folgte ihm, Johan hörte, dass er etwas sagte, konnte nichts verstehen, der Dicke sagte wieder etwas, Johan erkannte, dass er am Ende der Bucht war, erreichte die Anhöhe, ging an zwei Petroleumlampen vorbei, die nahe der Felswand brannten, plötzlich kamen direkt vor ihm mehrere Kinder angerannt, und er musste einen großen Satz machen, um nicht mit ihnen zusammenzustoßen, die Kinder riefen etwas und liefen einander hinterher und verschwanden dann, und er gelangte zu einer Einbuchtung in der Felswand und entdeckte dahinter eine große Höhle mit einer gewölbten Öffnung und trat ein, schräge Wände und eine grobe Decke, und er stand still und lehnte sich an die Wand, der Dicke hatte ihn jetzt eingeholt, auch er außer Atem, plötzlich kamen die Kinder aus der Höhle gerannt, und zwei Mädchen in hellen Kleidern schrien laut: »Das ist *deine*! Das ist *deine*!« und liefen in das Zwielicht auf den Felsen hinaus und waren nicht mehr zu sehen, auf einem Absatz etwas tiefer in der Höhle stand eine Laterne und warf einen kurzen Lichtschein an die Decke und auf den steinigen Boden, wieder sagte der Dicke etwas, Johan machte tiefe und schnelle Atemzüge, stand längere Zeit da und starrte einfach vor sich hin, bis sein Blick sich wieder rührte und es ihm gelang, Worte zu verstehen und dass der Dicke direkt neben ihm stand und fragte, was zum Teufel eigentlich los war.

Hochragende Felserhebungen erhielten eine sanftere Form an der Stoßseite, jener Seite also, die dem vorrückenden Eis zugewandt lag. Hier erodierte das Eis, und oftmals entdeckt man Spuren wie *Gletscherschrammen* auf den flachen Felsplatten. Auf der Leeseite nahm das Eis Felsstücke mit, weshalb diese Seite häufig steil und unregelmäßig geformt ist. /.../ Als sich das Eis zurückzog, bildeten sich große Mengen Schmelzwasser. Ein Teil dieses Schmelzwassers floss natürlich an der Eisoberfläche. Große Mengen flossen jedoch auch unter dem Eis und unter hohem Druck. Das Wasser sammelte sich mit der Zeit zu Strömen, die Eisflüsse genannt werden. Die Fließgeschwindigkeit in diesen Eisflüssen war sehr hoch. /.../ Es erscheint angemessen anzunehmen, dass die Eismassen eine Dicke von bis zu 3000 Metern erreichten.

Lars-Erik Åse, Spuren des Eises, 1985

Es zog von oben, und sie tastete suchend nach dem Schlafsack, ohne ihn finden zu können, es zog zwar nicht kalt, aber am Ende veranlasste die Zugluft sie dennoch, sich aufzusetzen.

Das Schiebeluk direkt über ihr stand noch offen. Der Himmel war nicht mehr hellblau, aber auch nicht dunkel, sie schielte zur Kajüte hinaus, die im Zwielicht lag, sie sah lange hin, konnte ihn jedoch nicht in seiner Koje liegen sehen. Gebückt schlich sie zum Tisch, aber beide Sitzbänke waren leer, und draußen in der Plicht war auch kein Mensch zu sehen.

Sie dachte nach. War er vielleicht auf dem Klo? Und Anne?

Sie setzte sich und zog langsam mit den Fingernägeln über ihre Cordhose. Plötzlich fiel ihr etwas ein, und sie holte das Handy vom Regal. Die rechte Taste lange drücken – dann wurde das Fenster hell. Danach eins eins eins eins eintippen, und anschließend tauchte das Blumenbild auf.

Und jetzt … musste sie?

Sie saß da und strich über die Tasten und das Glas, lauschte dabei zur Anhöhe hinaus, bemerkte, dass das grüne Licht des Telefons ihre Unterarme blau aussehen ließ. Wie war noch mal die Nummer? Null drei etwas … an die restlichen Zahlen konnte sie sich nicht erinnern, weshalb sie sich unwillkürlich zum Vorpiek umwandte.

Anne. Wusste sie.

Es verstrich etwas Zeit. Draußen war immer noch nichts zu hören.

Schließlich legte sie das Telefon weg, kletterte am Schott entlang vorsichtig hoch und schob den Kopf über die Deckkante.

Weiter entfernt auf der Anhöhe brannte ein Feuer, und sie sah, dass dort viele Leute waren, in den benachbarten Booten war dagegen kein Mensch zu sehen. Sie stand eine Weile auf Deck und schaute sich um, bevor sie an Land sprang.

Sie ging längere Zeit in kleinen Kehren über die abschüssigen Felsen, näherte sich Stück für Stück dem Feuer. Mit langsamen Bewegungen strich sie sich über die Arme und die nackten Waden, fast überall schienen viele Leute zu sitzen, und sie blieb stehen, bevor sie jemanden erreicht hatte.

Sie stand lange da und schaute im Schutz eines kleineren Felsblocks, dessen eine Seite steil abfiel.

Scharrende Laute, sie waren ganz nah, und Stimmen, Gelächter und schnelle Schatten, die sich über das Erdreich bewegten, sie stand erst vollkommen still und wich dann langsam zurück, ohne dass es auch nur einen Mucks machte, sie sah mehrere Männer, die fast auf der Erde zu liegen schienen, sie flüsterten und lachten und fluchten, sie rissen und hielten etwas, sie zerrissen etwas und legten es zu großen Haufen zusammen, und einer von ihnen hatte mehrere Papptüten, in die sie etwas hineinpressten, und es raschelte laut und eine Flasche klirrte gegen den Stein und einer von ihnen sagte »Hier, hier ist noch mehr! Jetzt schnappt es euch schon, na los!« und sie lachten weiter und Lina lief los.

Ein steiler Anstieg, mit schwarzen Flechten bewachsen, und sie musste mit den Händen zupacken und konnte daraufhin weiterlaufen und gelangte zur Müllstation hinauf.

Beide Haken waren vorgelegt, es war vollkommen still, kein Ton drang zu ihr heraus. Sie öffnete die Tür auf der Rückseite, sah jedoch nur Mülltonnen und Flaschen auf einem Balken.

Weit unter ihr sah man das Feuer und die langgestreckten, leicht abschüssigen Felsen, und sie fand, dass sie aussahen wie riesige Wellen.

Als sie wieder an Bord gestiegen war, blieb sie auf dem Kajütdeck stehen, ohne nach unten zu klettern. Sie wartete. Niemand kam herauf, man hörte nichts, und sie blieb stehen, sah, wie finster es unten in der Kajüte war, der Himmel war mittlerweile noch dunkler geworden, sie merkte, dass sie fror und großen Hunger hatte.

Schließlich sprang sie durch die Luke nach unten und schaltete auf der Stelle die beiden Wandlampen im Vorpiek an und zog sich eine der zusätzlichen Decken über die Schultern.

Sie saß in der Dunkelheit und betrachtete die Regalränder und das kleine Barometer mit der Uhr, schloss das

Schiebeluk, holte zwei Scheiben Knäckebrot aus der Blechdose, starrte lange zu den schmalen ovalen Fenstern hinaus, schaute auf ihre Knie, auf die Wunde an der Hand, auf das Telefon.

Sein Puls ging jetzt etwas langsamer, er stand noch immer an den rauen Fels gelehnt, wegen der Lampen roch es nach Ruß, der Dicke redete und meinte, dass sie vielleicht zu den anderen zurückgehen sollten, Johan schluckte, trat gegen einen losen Stein auf der Erde und antwortete, er wisse nicht recht.

»Ich fühle mich so …«

Auf einmal kamen gleich neben der Stelle, an der sie standen, die Kinder durch den Höhleneingang gerannt, es war dieselbe Gruppe wie zuvor, eines der Mädchen hielt beim Laufen die Arme vor sich ausgestreckt und schrie immer und immer wieder: »Das ist deine Schuld, das ist *deine*!«, und sie liefen bis ans Ende der Höhle, so dass es hallte und das Licht zu flackern begann, und daraufhin machten sie kehrt und das Mädchen war fast die Letzte und hob den Arm und schrie erneut und Johan machte einen Schritt zur Seite, aber sie lief weiter geradeaus und hob den Arm und schlug ihn mit der Hand fest in das weiche Fleisch über seiner Hüfte, »das ist *deine* Schuld!«, und er schrie vor Schmerz auf, und dann waren die Kinder verschwunden, aber das Geräusch ihrer Schritte auf den kleinen Steinchen und die Stimmen, die hin und her geworfen wurden, und dann war das Einzige, was man hörte, der Dicke, der dastand und mit gehobenen Augenbrauen leise lachte.

»Was zum Teufel«, sagte Johan und starrte in die Dunkelheit hinaus, »hast du das gesehen?«

»Komm jetzt. Wir gehen zurück.«

Johan griff sich an die Seite und massierte mit der Hand, ihm war heiß, und er hatte Durst, er fluchte mehrmals. Langsam verließen sie die Höhle, und Johan merkte, dass er fast humpeln musste, auf den flachen Felsplatten im Freien lag sanftes rotes Licht.

»Kannst du sehen, wo sie sitzen?«, sagte der Dicke, als sie sich langsam dem Feuer näherten.

»Warte mal kurz«, Johan blieb stehen, »das tut so verdammt …«, er rieb weiter mit der Hand über Hüfte und Bauch.

»Was ist denn?«, sagte der Dicke.

»Sie hat mich doch geschlagen!«

Johan starrte in das Gesicht des anderen, tiefe Furchen zwischen Mundwinkeln und Nase, graue Augen und eine braungebrannte Nase und Stirn.

»Wer?«

»Na, das Mädchen! Sie hat mir volle Kanne eine gelangt!«

Der Dicke hob erneut die Augenbrauen.

»Was denn … nein, das hab ich nicht gesehen. Sie hat dich geschlagen?«

Johan schwieg, blickte zur Höhle zurück, aus der weiter Licht drang, die Kinder waren nirgendwo zu sehen, er schaute zur Feuerstelle hinauf und dann zu Boden.

Der Dicke sagte:

»Tja, also ich werde jetzt auf jeden Fall versuchen, *meine* Frau zu finden … eh-hehe … die beiden werden ja wohl nicht schon zum Boot zurückgegangen sein?«

Johan antwortete nicht, der Dicke machte ein paar Schritte und blieb stehen, drehte sich um, zögerte, Johan spürte seinen Blick, ohne ihm zu begegnen, hörte im gleichen Moment:

»Du kommst doch mit?«

Johan starrte auf die Felsen und das Wasser im Hafen und hatte das Gefühl, vollkommen still stehen zu müssen. Es vergingen ein paar Sekunden, er war sich nicht sicher, ob der Dicke noch etwas sagen wollte.

»Was sind das denn jetzt schon wieder für bescheuerte Irre?«

Johans Augen bewegten sich, der Blick des Dicken war inzwischen in eine andere Richtung gewandert, weiter hinaus, auf einen Punkt hinter ihnen, er lachte und streckte den Arm aus.

In der Mitte des Hafenbeckens war schemenhaft ein kleines Ruderboot zu sehen, das sich ruckartig und scheinbar ziellos hin und her bewegte. Es waren mindestens vier Personen an Bord. Eine von ihnen stand und schrie laut, beide Ruder zeigten senkrecht gen Himmel.

»Was hat er gesagt …?«, erkundigte sich der Dicke und lachte weiter.

Johan gelang es nicht, die Worte aufzuschnappen, und er sah dem Gesicht des Dicken an, dass es diesem genauso ging.

»Was macht er denn jetzt …?«

Einer der anderen in dem Boot stand ebenfalls auf, stellte

sich neben den Ersten, sie schrien weiter, hielten zwischen sich etwas Großes und fast Rundes, das auf einmal in kleine, dünne Stücke zerfiel.

Der große Zeiger der Uhr war fast einmal ganz herumgewandert, sie saß noch immer auf der Sitzbank, ohne etwas anderes bewegt zu haben als Hände und Kopf. Sie dachte mehrfach an die Lampen im Bug, dass man das eigentlich nicht sollte, dass die Batterie zu viel Saft verlor, jedenfalls nicht beide gleichzeitig. Ab und zu sirrten Mücken, sie ließ die Fliegenklatsche an der Wand hängen. Sie dachte an den Niedergang zur Kajüte und dass es Zeit wurde, das Steckschott zu schließen, dass Anne, dass sie sich sonst immer die Zähne putzten und Radio hörten und sich anschließend hinlegten und es dann gegen den Rumpf gluckerte und das Boot schaukelte, und dann schlief man.

Schließlich stand sie auf und streckte den Kopf in den Aufgang zur Plicht hinaus. In den nächstgelegenen Booten war immer noch kein Mensch zu sehen, vom inneren Teil der Bucht schallten Musik und fernes Lachen und Stimmen zu ihr herüber, am Himmel waren mehrere Sterne aufgetaucht.

Sie sah, dass sich ein ganzes Stück hinter dem Heck ein kleines Ruderboot im Wasser bewegte, was sie in die Plicht hinaufsteigen ließ. Saß etwa Anne darin, mit denen?

Das Boot bewegte sich, auch aus ihm schallte Lachen herüber, sie nahm schemenhaft einige große Erwachsene wahr und sah, dass es nicht dasselbe Boot war.

Sie hatte einige Sekunden mit bloßen Füßen auf dem Holzboden gestanden, als sie nach unten sah und entdeckte, dass die Klappe zu dem Stauraum unter der Pinne offen stand. Die Ankerleine lief in der kleinen Rille auf der einen Seite wie üblich nach oben, aber jetzt stand die Klappe hoch. Hatte sie das die ganze Zeit schon getan? Sie machte einen Schritt und lehnte sich vor.

Da unten war etwas. Kopf. Haare.

Dort lag ein großer Körper. Zuunterst waren wie üblich zusammengerollte weiße Seile, und auf diesen lag ein Körper, und der war von unten, aus der Kajüte, überhaupt nicht zu sehen gewesen, und sie stand vollkommen still und sah, dass es ihr Vater war, der dort lag, und sie musste sich umdrehen und dann erneut hinsehen, und sie stöhnte auf und sah, dass es ihr Vater war, der dort lag.

Sie starrte. Warum lag er … da? Sie konnte sich nicht vorbeugen, nicht die Hand ausstrecken, sie blieb mit geschlossenem Mund stehen und schaute so hin, dass keiner in ihrer Nähe etwas merkte. Schlief er vielleicht? Oder? Sie musste los, jemanden rufen, musste etwas tun! Oder? Schlief er nur?

Er atmete? Oder?

Sie schaute sich schnell um, es war wie zuvor in den Booten und an Land, dann fiel ihr etwas ein, und sie sprang in die Kajüte hinab und lief zur Toilette, öffnete den Schrank, und die Schachtel war fort.

Sie machte rasch alle Lampen in der Kajüte an, und ihre Augen suchten, ohne welche sehen zu können, die Plastikkarten, die Schachtel, keine kleinen Folienschnipsel – nichts.

Sie rannte wieder in die Plicht hinauf, packte seinen Kopf und schüttelte ihn, er machte die Augen nicht auf, aber aus seiner Kehle drang ein Laut, und sie konnte hören, dass er atmete, »Hallo«, rief sie nach hinten, zur Insel hin, aber ihre Stimme war so leise, dass sie selbst sie kaum hörte, sie versuchte zu denken, musste jemanden holen, vielleicht jemanden anrufen, das Krankenhaus?

Oder? Vielleicht – schlief er nur? Aber, *da* liegen?

Sie sprang erneut in die Kajüte hinab, nein, nein, nicht gleich jemanden holen, keiner durfte es *sehen*, *Anne* holen. Aber – schnell.

Sie nahm das Telefon und lief aufs Deck hinauf, schielte kurz zu der Klappe im Heck hinüber und sah die Anhöhe hinauf, die wesentlich größer wirkte als bei Tageslicht, und an Land, und schnell, und sie lief.

Sie war hoch oben und rannte und »Anne!« und »Anne!«, und sie lief über die Felsen und konnte erst etwas sehen, kurz bevor ihre Füße aufsetzten, und es kam ihr vor, als wäre sie dort vorher schon einmal gelaufen, obwohl fast völlige Dunkelheit herrschte, und sie gelangte auf eine Erhebung hinauf, die wie ein langer Felsrücken war, und sah plötzlich, unten im Wasser, im Hafen, und sie musste hinsehen, denn sie konnte unmöglich auf etwas anderes schauen, denn unten auf dem Wasser, mitten zwischen allen Booten, sah man Flammen, Flammen und Feuer, und es waren fünf oder sechs Feuer, und sie brannten mitten auf dem Wasser, und sie konnte nicht aufhören hinzusehen, obwohl sie weiterlief, aber der Lichtschein, der von den Feuern aufs Wasser und bis zu den Booten fiel, und sie brannten mitten auf dem Wasser, und das ging doch gar nicht, aber dort unten brannten fünf große Feuer und neben ihnen lag ein kleines Boot und ein neues Feuer wurde entzündet und anschließend brannte es noch mehr und Leute standen am inneren Ende der Bucht und sahen hin und da war leuchtend rotes und gelbes Licht, das aufstieg und sich bewegte und auf die Felswände geworfen wurde und die ganze Luft erfüllte.

Der Leutnant unterrichtete mich über die Annehmlichkeiten des Hafens. Darüber konnte ich mir kein Urteil bilden, ich nahm allein seine pittoreske Schönheit wahr. Felsklüfte, aufeinander gestapelt, bilden ein Bollwerck, welches sich in den Ocean hinaus schiebt. Ihre schwarzen Wände, die sich zu den Wogen herabsenken, scheynen diese mit dem Ton der Allmacht anzusprechen: »Hierher sollst du kommen, weiter jedoch nicht; hier wird sich deyn stolzes Brausen legen.« /…/ Wahrhaftig benötigten wir hier denn auch den erfahrensten und kundigsten Steuermann, da wir ohne Unterlaß zwischen Felsen und Brandung kreutzen mußten, welche einzig entweder im Tal der Welle oder bey ihrem Brechen sichtbar wurden.

Mary Wollstonecraft, Briefe, verfaßt während eines kurzen Aufenthalts in Schweden, Norwegen und Dänemark, 1792.

Weitere Menschen liefen herbei, um hinzuschauen, das Licht auf dem Wasser erschien unwirklich hell, die Männer in dem Boot stießen einen neuen Haufen Gras über die Reling, ruderten ein paar Züge und zündeten es dann an. Johan und der Dicke waren zu einer kleinen, erhöht liegenden Klippe gegangen, starrten und lachten über die Feuer, hoch über ihnen flogen zahllose Vögel hin und her.

»Diese Idioten«, sagte ein Mann direkt hinter ihnen. »Es reicht doch schon, dass ein Grashaufen gegen ein Boot treibt – und dann der Benzintank.«

»Ach was«, erwiderte der Dicke, »die sind doch weit weg. Wenn die verbrannt sind, sinken sie ganz schnell.«

Johan war schließlich zur Feuerstelle zurückgekehrt. Ringsum saßen immer noch eine Menge Menschen, die aßen und sich unterhielten, Petra oder die Frau des Dicken konnte er allerdings nirgendwo entdecken. Er blieb eine Weile stehen, kratzte sich fest an den Schultern, merkte, dass er blutete, und ging, ohne zu wissen warum, mit schnellen Schritten zum Kessel und hob den Deckel an. Die schwarzen Muscheln mit ihren schmalen Spalten, einzelne gelbe Streifen Muschelfleisch, die im trüben Sud trieben. Er schaute sich um, unterdrückte den blitzartig auftauchenden Gedanken, etwas in den Kessel zu werfen, Steinchen oder Erde, oder hineinzuspucken – er legte den Deckel wieder auf und ließ den Blick über den Brotkorb und die Fässer schweifen.

In einiger Entfernung erblickte er schließlich den Dicken. Er hatte sich zu einer Gruppe von Menschen gesellt, die lachten und fast zu tanzen schienen, der Blonde hielt beide Arme ausgestreckt und zeigte auf das Meer und die Inseln und zu den Sternen hinauf, er sagte etwas, das man nicht hören konnte, die anderen in der Gruppe antworteten ihm zustimmend, und gemeinsam fuhren sie fort, sich zu unterhalten, und einige von ihnen begannen kurz darauf, leise ein Lied zu singen, das mit der Zeit immer lauter erklang.

Johan ging in die andere Richtung. Die Feuer auf dem Wasser waren erloschen, die Luft war immer noch lau, er suchte unter den Sitzenden auf den Felsen und ging in einem Halbkreis, anschließend in einem größeren Bogen in die andere Richtung, praktisch überall waren Menschen, neben einem großen leeren Stein stand eine halbvolle Weinflasche, und er betrachtete sie aufmerksam, ehe er vorbeiging, ohne stehen zu bleiben und sie an sich zu nehmen. In der Ferne sah man schemenhaft, dunkel und still, den Rest der Insel, sie sah aus wie eine fast vollkommen ebene Fläche mit nur wenigen vereinzelten, schwarzen Erhebungen, in der Nähe seines Standorts wurden die Felsen weiterhin vom Lagerfeuer beleuchtet.

Er sah auf die Uhr. Wo mochte sie sein? Viertel vor zwölf. Im Boot. Ja, wahrscheinlich. War sie müde geworden?

Er kehrte zum Wasser zurück, konnte den Dicken nicht mehr finden und machte sich auf dem kleinen Pfad auf den Rückweg zu den Booten. Er schrie auf, denn ohne dass er vorher etwas gesehen hätte, lief irgendetwas gegen ihn, und er verlor fast das Gleichgewicht, schnelle Schritte, und er schrie auf, und dann war es sofort verschwunden in der Dunkelheit, und er fand, dass es ausgesehen hatte wie ein Kind, er dachte: Oder war es ein Hund?

Schon von weitem sah er, dass keine der Lampen im Boot eingeschaltet war. Sie schlief sicher.

Vorsichtig ging er an Bord und in die Plicht hinab. Das Steckschott am Niedergang zur Kajüte war nicht geschlossen. Also war sie vielleicht doch noch wach.

Er lugte in die Dunkelheit hinab. Ihre Koje? Schnellen Schritts ging er hinunter, tastete mit der Hand, schaltete die Lampe an.

Ihr Schlafsack war leer, auch auf seiner Seite herrschte Leere, genau wie im Vorpiek und in der Schlupfkabine.

Er stieg rasch in die Plicht hinauf, ließ den Blick über die Felswände wandern, der Himmel hatte seine rötlichen Farbtöne endgültig verloren und wölbte sich nunmehr schwer und tiefblau über ihnen, am inneren Ende der Bucht sah man weiter Menschen am Feuer.

Hatte sie vielleicht die Frau begleitet? Was war mit deren Boot?

Der Motorsegler war ebenfalls unbeleuchtet, von dort drang kein Laut an sein Ohr.

Er überlegte, drehte sich um, starrte auf die Reling hinab. Merkte nach ein paar Sekunden – was …?

Es war fort.

Das Dingi. War fort.

Er fluchte, drehte sich wieder um, sah aufs Wasser hinaus, die Bootsreihen ringsum, versuchte nachzudenken.

Hatte sie das Dingi genommen?

Weit entfernt, auf der anderen Seite in der Nähe des Schulschiffs, entdeckte er ein kleines Boot, das sich über die Wasserfläche bewegte, man hörte laute Männerstimmen und Lachen aus dieser Richtung – die Drecksäcke, dachte er schnell, sie hatten es sich wieder genommen, diese – verdammter Mist! Und er holte das Fernglas, versuchte, es ruhig zu halten, das Dingi bewegte sich ganz nah an der Insel, und die Konturen verschwanden fast völlig, so dass es ihm nicht gelang, sich letzte Gewissheit zu verschaffen.

Aber. Wahrscheinlich. Oder?

Er spähte durchs Fernglas, überlegte, ohne sich zu rühren, hörte gleichzeitig weitere Geräusche und Stimmen aus einer anderen Richtung.

Ein größerer Felsvorsprung, weit draußen, fast an der Mündung der Hafeneinfahrt. Es klatschte, man hörte mehrere Personen rufen und lachen, anfangs konnte er niemanden sehen, erhaschte nur ab und an kurze Blicke auf eine kleine Gruppe von Menschen, die sich gemeinsam auf einem dunklen Felsen am Wasser bewegten, Mondlicht auf dem Wasser, sie schienen sich auszuziehen, er legte das Fernglas auf die Reling, es waren mindestens sieben an der Zahl, mehrere Frauen, die riefen, auf einmal eine Stimme – er zuckte zusammen, die Stimme sagte – »Hier ist es gut! Hier!«

Petras?

Er presste das Fernglas gegen die Stirn, schloss erst ein Auge, dann das andere, konnte die Stimme nicht noch einmal aufschnappen.

Er sprang an Land, ging mit schnellen Schritten, kletterte mehrere Hänge hinauf, lief weiter, war rasch nahe herangekommen, blieb in der Nähe einer sehr steilen Uferböschung mit Geröll stehen, ging in die Hocke und kratzte sich an der Brust und am Rücken, schlich sich noch etwas weiter, sie schienen alle im Wasser zu sein, sie bespritzten sich gegenseitig und riefen, und jemand hatte einen Krug, der die Runde machte.

»Seht mal, das Wasser brennt! Das Wasser leuchtet!«, hörte man eine Männerstimme.

Johan legte sich auf den Felsen und hob das Fernglas.

Mehrere länglich schmale, vorspringende Felsen, Köpfe, die sich hell von der glatten Wasseroberfläche absetzten, Körper, die nur dunkel und flüchtig zu erkennen waren, bevor sie untertauchten, schwarze Silhouetten, zwei von ihnen waren sich sehr nah, was taten sie da … küssten sie sich? Eine andere stand sekundenlang regungslos an einer seichten Stelle nur wenige Meter vom Ufer entfernt, und er sah, dass es eine Frau war, dass ihr Gesicht im Schatten lag, ihr Oberkörper nackt sein musste. Ihre Brüste, die Größe, mittel? Kleiner?

Die Gestalt verschwand im Wasser, er bekam sie nicht scharf, spürte, dass seine Schultern ganz feucht waren, es pulsierte heftig unter seinem Hemd, er biss die Zähne kräftig zusammen, ließ das Fernglas fallen.

Sie war in die eine Richtung gelaufen und dann schräg, wieder schräg, schnell, und wieder schräg, Felsen, wieder bei den Booten, hatte die ganze Zeit gerufen, und das Feuer, sie war schnurstracks an dem Feuer und allem vorbeigelaufen, war nicht stehen geblieben, hatte nicht gerufen, Anne, Anne, sie war gegen einen Stein gelaufen und dann weiter, schräg, Anne, keiner durfte es sehen, keiner.

Ihr wurde klar, dass sie saß, dass sie nichts als Sterne und Felsen sehen konnte und keine Lampen, keine Feuer, sie spürte, dass sie lag.

Sie saß da und wischte sich die Nase ab, hielt das Telefon in der Hand, starrte das Display an, begann plötzlich fest auf alle Tasten zu drücken, drückte sie wieder und immer wieder, auf die ganz oben, und dann stand da etwas, es tauchte etwas auf, und sie las, so schnell sie konnte, und als Erstes stand da »K-e-i-n«, ja, das stand da, und dann stand da noch »E-m-p-f…« irgendwas, das stand da, und sie wischte sich den Schweiß ab und las noch einmal, schneller, und überlegte und schlug sich auf die Beine und schüttelte das Telefon und hatte eine Idee und sprang auf und sah, dass hinter ihr, ja, da war eine, und sie lief eine Klippe hinauf und kam höher, und dann war sie noch höher, und unter ihr lag ein großer dunkler Fels, war sie hier schon einmal gewesen?, und sie sah wieder das Telefon an, und jetzt war der Text verschwunden, und sie drückte die Tasten und drückte.

Ein Bild von einem Buch tauchte auf, und sie erinnerte sich, dass Anne, und das Bild, ja, das Buch, und sie drückte erneut, und plötzlich kamen jede Menge, eine ganze Reihe, und sie saß da und las, da stand »p-e-…« irgendwas, aber das war nicht die richtige, und dann stand da »l-i-n-a-s h-o-r-t«, nein, das war nicht die richtige, und da standen ganz viele, und sie las und las und drückte weiter, das war ein langes Wort, da stand »F-r-e-d-r-i-« irgendwas, und das war nicht die richtige, und die nicht, und die nicht, und die auch nicht, »L-a-g-m«, nein, die nicht, aber dann stand es da tatsächlich, sie las das Wort so sorgfältig, wie sie nur konnte, da stand: »K-r-i-s-t-i…«, und sie las es noch einmal, aber das musste die richtige sein, denn da stand »K-r-i-s-t-i-n-a«, ja, das musste die richtige Nummer sein, und sie stand schnell auf, holte tief Luft – und drückte auf *die* Taste, die musste man drücken, und daraufhin erschien das Telefonbild und ein Pfeil, der sich bewegte, und das war richtig, sie machte es richtig, und dann presste sie das Telefon ans Ohr, und es tutete, und sie hörte eine Stimme.

»Zentrale Haraldsberg, hier spricht Inga.«

Und Lina hielt das Telefon fest in der Hand, und da war jemand, da war jetzt eine Stimme, und sie schluckte und sagte:

»Hallo.«

»Hallo, ja bitte?«

Und sie räusperte sich:

»Ich möchte bitte mit … Kristina sprechen.«

»Kristina wie weiter?«

»Sie ist meine Mama. Kristina«,

und es war still, und es blieb weiter still, und schließlich:

»Bedaure, aber es ist uns leider nicht möglich, um diese späte Uhrzeit noch ein Gespräch zu ihr durchzustellen«,

und Lina setzte sich und hielt das Telefon fest, und ihr Finger tat weh, und sie hielt es fest:

»Kristina. Ist meine Mama. Kann ich sie bitte sprechen?«

»Tut mir leid, Kleines. Aber es ist den stationären Patienten erst morgen wieder erlaubt, Gespräche zu empfangen.«

»Aber ich muss mir ihr sprechen …«

»So sind bei uns nun mal die Regeln. Du wirst morgen noch einmal anrufen müssen. Es tut mir leid.«

»Aber ich muss!«

»Tut mir leid«, sagte die Stimme, »sie schläft jetzt … aber morgen ist sie telefonisch erreichbar …«

»*Aber ich muss!*«

Und sie warf, lief wieder, warf das Telefon mit Wucht auf den Felsen, so dass es zersprang, sie lief, es war dunkel, sie schloss die Augen, merkte, dass sie stolperte, rutschte, lag auf dem Felsen, lag auf dem Rücken, spürte die Waden und die Ellbogen auf dem steinigen Grund darunter, auf einmal war alles ganz heiß, der Fels brannte, wie konnte das sein, sie hob die Beine an, sie schrie, konnte es nicht hören, sie flüsterte, sie schrie und streckte Arme und Beine senkrecht in die Höhe, es brannte überall, und das Telefon und der Himmel.

Einige aus der Gruppe waren zu einem kaum erkennbaren winzigen Felseiland hinausgeschwommen, Johan hatte sich noch näher herangeschlichen und hielt das Fernglas auf einen Mann am Ufer gerichtet, im Schatten neben ihm saß eine dunkle, schemenhafte Gestalt, die beiden unterhielten sich leise, Johan drehte am Scharfstellrad des Fernglases.

War das er, hatte der Mann da unten … krause Haare? Es ließ sich beim besten Willen nicht erkennen.

Drei der Badenden stiegen aus dem Wasser, sie lachten, schienen nackt zu sein, zwei von ihnen küssten und umarmten sich, ein Vierter kam heraus, und dann ein Fünfter, sie gingen auf die Felsen weiter draußen, ein Sechster kam heraus und legte sich unverzüglich in eine Felsspalte, kurz darauf kam eine schlanke Frau und legte sich zu ihm, und man sah, dass die Arme und Hände der beiden begannen, sich über den Körper des anderen zu bewegen.

Die Stimmen wurden rasch leiser, man hörte vereinzeltes Murmeln und kurze Seufzer, er lag angespannt und spürte das Pochen in seinem Kopf, dass seine Lider zuckten, dass er kurz davor war, sich aufzurichten und so laut zu schreien, wie er nur konnte.

Sekundenlang hielt er den Atem an, schloss die Augen, versuchte, ganz ruhig zu denken.

Wenn es nun aber *nicht* … sie war. Die dort unten lag?

Das Fernglas ruckte hin und her, er ließ es fallen, auf der Brust hängen.

… dann würde er sich ja wie ein *verdammter* Idiot benehmen, wenn er jetzt da runterrannte.

Er kratzte sich mit den Fingernägeln am Rücken, liegen bleiben, liegen bleiben. Oder – einfach verdammt schnell weggehen.

Er griff wieder nach dem Fernglas. Mehrere Paare schienen dicht beisammen zu liegen, ganz unten am Wasser sah man deutlich zwei Menschen, die sich inzwischen rhythmisch zusammen bewegten.

Aber, wenn sie es *war*? Wenn sie es nun wirklich *war*?

Wenn das der Fall war, dann – er schüttelte den Kopf –, wenn das der Fall war, dann …

Er riss das Fernglas herab, geh einfach weg, er schwang den Arm durch die Luft, geh weg, sieh zu, dass du auf die Beine kommst, verdammter Mist, er zielte, fiel um, bloß weg, er lief, während das Fernglas verschwand, irgendwo durch die Luft flog, er hörte es nicht, als es aufschlug, die Felsen, die Schritte darüber, jetzt nur nicht fallen, stolpern, sobald es ging, verfiel er in einen Laufschritt, die Steinblöcke, er trat gegen etwas, einen Strauch, er hob kleine Steine auf und warf sie in einem Schauer Richtung Wasser, ging weiter, dachte, merkte, dass es irgendwo aus dem tiefsten Inneren kam, dachte deutlich: Jetzt aber verdammt, jetzt verdammt, jetzt würde er etwas, jetzt würde hier etwas passieren.

Sie hatte gelegen. Sie lag noch immer.

In der einen Richtung war es dunkel, und in der anderen lagen die Anhöhen. Sie begann, sich auf dem Fels zu bewegen, kroch.

In der einen Richtung war es noch dunkler, und sie ging in die andere. Und der Himmel, und sie musste Anne finden.

In weiter Ferne konnte sie etwas erahnen. Etwas, das leuchtete.

Das Feuer brannte noch, aber die Flamme war schmal, und die Holzscheite ringsum waren kurz, hier und da sah man immer noch Menschen auf den Felsen sitzen, er holte zu einem Tritt gegen einen Stein und eine Bierdose aus, es spritzte auf sein Bein, dann noch eine Dose, die lag, da drüben stand eine kleine Flasche aus klarem Glas, er bückte sich und füllte seinen Mund schnell mit der Flüssigkeit, die brannte und stach, nahm noch ein paar Schlucke und schaute sich um, fluchte über ein paar Weiber, die ihn von irgendwoher beobachteten und etwas sagten, und er ließ die Flasche fallen – und dann fiel ihm etwas ein –, und er schaute erneut, er hatte eine Idee! Und er blickte in alle Richtungen, er starrte in die Dunkelheit hinein, er ging schnell umher und bat darum, den Leuten ins Gesicht sehen zu dürfen, bat sie, richtig aufzuschauen, wo saß er, wo war dieser verdammte Idiot, denn etwas *musste*, jetzt, musste etwas – wo saß er?

Er kam erneut am Feuer vorbei, es war noch weiter heruntergebrannt, er zerrte den kleinen Stofffetzen aus der Tasche und presste ihn in die Flammen, drehte sich um, stieß gegen ein Fass, schob einen Mann zur Seite, der zu ihm kam und ihn ansprach, wo war er, er ging zum Wasser hinab – natürlich, das Boot, dieses verdammte Boot, wo lag es noch gleich, aber er würde es schon finden – kein Problem!

Er ging an dem großen Felsblock vorbei, um ihn herum, dann noch einer, es war dunkel, hier war es glatt, er ging nahe am Wasser weiter, machte kehrt, ging in die andere Richtung – sah – ein Stück voraus ein Stück von einem Rumpf, hell, der Bug schlank, der Mast hoch, ja klar! Und er blieb stehen und horchte aufmerksam, Vorsicht, hörte nur das Rauschen, Pochen und Pulsieren in seinem Inneren, hin und her zwischen dem einen Ohr und dem anderen, durch seinen Kopf.

Er schüttelte sich, ging auf die Knie und schöpfte Wasser auf Wangen und Stirn. War irgendwo jemand zu sehen? Wie viel Uhr war es?, und richtete den Blick erneut auf das Boot.

Da, da.

Jetzt, jetzt konnte es passieren.

Auf der höchsten Erhebung des Eilands gibt es einen Steinhügel – ein Seezeichen –, aufgeschichtet in einem viereckigen Grundriss mit abgerundeten Ecken. Er scheint früher höher gewesen zu sein als heute, denn an allen Seiten liegen herabgefallene Steine. Dass viel Zeit vergangen ist, seit der Steinhaufen aufgeschichtet wurde, erkennt man daran, dass die Steine durch bärtige Flechten vollkommen miteinander verwachsen sind. Der Untergrund ist ein flacher, glatter Fels, der rund um das Seezeichen, insbesondere jedoch auf den östlichen und nördlichen Hängen, mit eingeritzten Zeichen übersät ist.

Claes Krantz, Die Küste Bohusläns, 1949

Er hatte zunächst ein weiteres Mal die Felsen abgesucht und war anschließend geduckt zu einem Stein neben dem Bug gelaufen. Er atmete tief durch, wartete und lauschte, ehe er auf der Backbordseite vorsichtig nach der gespannten Vorleine griff.

Er zog mit einer heftigen Armbewegung daran, und der Steven bewegte sich schnell auf den Stein zu, na also, und er selbst war schnell weg, hockte sich auf die andere Seite einer Felswand und: »Bumm!«, der Steven schlug deutlich an, ein Zittern lief durch den Rumpf, und er presste sich fest gegen die Wand und achtete darauf, mit weit geöffnetem Mund zu atmen.

Er ließ zehn Sekunden verstreichen, dann weitere zehn. Von dem Boot schallten keine Geräusche zu ihm herüber. Aber er musste sicher sein, also noch einmal!, und er ließ zehn Sekunden verstreichen und weitere zehn und zog dann wie zuvor an dem Seil. Und zog sich zurück.

»Bumm-bumm!«

Noch kräftiger, gut, warte jetzt.

Nichts?

Zum dritten Mal schlich er sich zum Bug, hielt sich mit beiden Händen an der Seerelingstütze fest und hievte sich an Bord.

Langsam und lautlos ging er über das Deck, in seinem Nacken pulsierte es äußerst schmerzhaft, er versuchte nachzudenken: Wie war das noch … was hatte er dazu gesagt, woraus das Boot gemacht war? Kein Plastik? Er ging in die Hocke und tastete, schabte mit dem Fingernagel, ohne die Antwort zu finden, und spuckte aus.

Die Sitzbänke in der Plicht waren flach mit sehr runden Kanten und zwei dünnen Leinen, die quer gespannt waren, er warf rasch einen Blick auf das Heck, konnte jedoch kein Namensschild entdecken, dann eben nicht, blickte in die Kajüte hinab, die stockfinster hinter einer Art feinmaschigem Moskitonetz lag, und biss sich in die Wangen.

Und jetzt? Da runter?

Er sog tief Luft in seine Lungen, fluchte, dachte: Jetzt würde es, jetzt. Verdammt noch mal!

Mit hastigen Bewegungen zog er das Netz zur Seite und stieg etwas hinab, was Treppenstufen zu sein schienen.

Für einen kurzen Moment blieb er mitten in der Kajüte stehen, ohne sich zu rühren, versuchte, seine Augen an die Dunkelheit zu gewöhnen, konnte jedoch keinen Unterschied feststellen, denn er nahm nur diffuse Konturen wahr. Es pulsierte heftig in seiner Haut, und er hatte das Gefühl, dass es überall auf seinem Rücken brannte und stach, er hielt seine Hand zurück, konnte nicht still stehen, ruhig, immer mit der Ruhe, such einfach nach etwas, finde etwas.

Regale, was befand sich auf ihnen? Hölzerne Gegenstände,

ein paar Hefte, auseinanderfallende Bücher, Tauenden, Stofffetzen – jede Menge Lumpen! Seine Hände tasteten, waren das Paneele? Nirgendwo eine Koje, keine Pantry? Keine Lampen?

Er berührte etwas Feuchtes und Weiches, große Decken? Er warf sie von sich, eine Art Platten in einem Stapel, ein harter und runder Gegenstand, auf einer Tischplatte? Mehrere ähnliche Gegenstände, die plötzlich laut scheppernd auf den Fußboden fielen. Mist! Warte, still!

Nachdem seine Hände schnell einem Schott bis zum Boden gefolgt waren, fingen seine Augen allmählich an, etwas zu erkennen.

Der Aufgang, der zur Plicht hinaufführte, das Oval und eine Art Stühle oder Bänke auf der Backbordseite, und im Bug wohl doch so etwas wie ein Schlafplatz, und daneben, was war das?

Eine größere Schüssel aus Porzellan, Metall, oder, er fasste sie an, am Schott befestigt, schön, schön, hier war etwas, hier – und darunter? Ein Holzeimer. Aber was noch? Er ging auf die Knie und tastete mit beiden Händen – aha, dort. Da war es doch – ja. Irgendeine Form von Rohr, Schläuche, ja sicher. Sie liefen zum Rumpf hinab. Und dort, die Klemme, was waren das für Rohre, Bambus? Mit einer Klemme, und dann … die Öffnung für das Rohr – na also, und es pochte immer heftiger in seinem Kopf, er versuchte abzuschätzen, wie tief das Rohr war, die Wasserlinie, es musste unter ihr liegen, oder etwa doch nicht, musste es das nicht sein?

Er setzte den Daumen an die eine Seite der Klemme, Zeigefinger und Mittelfinger auf die andere Seite.

Zog zweimal fest. Nichts.

Noch zweimal, fester.

»Krracks!« Na also. Und dort ein schwarz glänzender Strang, er hörte und sah es sickern – aber das war zu schwach, noch ein Ruck!, »Kraouullltt!« –, und augenblicklich ein dicker Strahl, na also, na also, und er ging mit schnellen Schritten zur Treppe, ohne den Blick von dem Wasser abzuwenden.

Es war schon viel. Gut, es geht schnell. Es wird Zeit – an Land, und zwar flott, und er zog den Kopf etwas ein, um nicht gegen die Decke zu stoßen, nahm problemlos die beiden ersten Treppenstufen nach oben und brauchte nur noch eine bis in die Plicht hinauf, als er Geräusche hörte.

Auf Deck waren schwere Laute zu hören. Jemand ging über das Deck.

/…/ und dann hat man schon bald die größeren Inseln erreicht, von denen Trinisla mit ihrem charakteristischen Profil die vielleicht auffälligste ist. /…/ Nordöstlich der Insel erstreckt sich ein Sund, der sich an seinem südöstlichen Ende etwas verengt, die Wassertiefe liegt hier bei etwa sechs Metern, ausgenommen an einer felsigen Untiefe (genannt Die Königin) in gut zwei Meter Tiefe. Die nächstgelegenen Inseln im Osten sind Gåsön und Djupryggen.

In südlicher Richtung erstreckt sich eine größere offene Wasserfläche. Die nächstgelegenen kleinen Felseilande sind dort Käften, Håleryggen, Bogen und Ösekullen. Die Wassertiefe schwankt zwischen zwölf und zwanzig Metern. Kurz hinter Bogen befindet sich eine schwarzgelbe Pricke, die vor der Untiefe Svartskär warnt. Auf Lilla Lyngö steht ein Leitfeuer, das in Intervallen grün in nördliche Richtung signalisiert, und zwar mit fünf Dreisekundenblitzen pro halbe Minute.

/…/ Im Nordwesten liegt in zirka hundert Meter Entfernung die Insel Stora Ängelen mit einem felsigen Hügel auf der Ostseite und einer Reihe gefürchteter Brandungsfelsen vor der Westseite. Mitten zwischen diesen Riffen erhebt sich eine kleine steile Klippe zirka drei Meter über den Meeresspiegel, und dieser frappierende Stein, meist mit Vogelkot übersät, wurde in früheren Zeiten Die Weiße Frau genannt.

/.../ Die schmale Fahrrinne zwischen Trinisla und Florön weist den Booten den Weg nach Hjärterön, Valön und Hamburgsund, während es in westlicher Richtung nichts zu sehen gibt als das offene Meer, und gelegentlich, bei sehr guter Sicht, das Schäumen an einigen gefährlichen Unterwassersteinen eine knappe halbe Seemeile Südsüdwest, auf der Seekarte unter der Bezeichnung Segelbergen markiert, von den örtlichen Fischern jedoch auch häufig »Der Makrelenhügel« genannt.

»Inseln und Aussichten in unseren Schären«, Jahrbuch des Heimatvereins Hamburgsund, 1978

Auf der Anhöhe direkt vor ihr war noch Glut, das war ein anderes Feuer, und sie ging näher.

Da waren Jungen, sie lachten über etwas.

Sie spürte die Hitze der Glut. Viele Jungen. Ketchup und Senf standen herum.

Jemand, der ihre Schulter festhielt, sie ansprach.

»... ganz allein hier?«,

und sie blickte auf.

»...«, sagte die Frau. »...«

Stand da, die Augen, die Frau. Die mit den Pflastern.

Lina hauchte:

»Ja.«

Und die Frau sprach. Und sprach.

»... eure Eltern?«

»Hast du Anne gesehen?«

Sie hatte einen Becher mit Saft und eine Decke bekommen, sie hatten sich ein Stück von den anderen entfernt.

»… dann weißt du also nicht, wo sie ist?«, sagte die Frau.

Und Lina drehte sich um.

»Nein, ich weiß es nicht.«

»Paul!«, rief die Frau total laut, und Lina stand auf, überlegte, die Frau, wie hieß sie noch gleich?

»Paul, hast du ihre Schwester gesehen?«, und Berit rief noch einmal, den Jungen mit den kurzen Haaren.

Er sagte Hallo, und Alles okay mit deiner Wunde? Lina nickte.

»Ja …«, sagte er, »doch … äääh, ich hab sie gesehen … vorhin irgendwann.«

»Und wo?«

Er streckte den Arm aus.

»Da hinten irgendwo.«

Berit packte seinen Arm.

»Wo genau? Zeig es mir. Es ist wichtig.«

Und sie hielt Linas Hand mit der anderen, und sie gingen, und Paul sagte:

»Ja also, ich weiß es nicht genau … wir haben zusammengesessen und uns unterhalten, und da war sie dabei … aber das war vor den Scharaden … und …«

Sie gingen über die Felsen, in der Nähe des großen Boots mit den vielen Masten, Lina hielt die Hand ganz fest, das Wasser glitzerte.

»… und dann …«

»Jetzt mach schon, Paul! Sag es!«

Er blieb stehen, lächelte und hüstelte.

»Ich … weiß es doch nicht.«

Die Frau stellte sich hinter Lina, legte ihr beide Hände auf die Schultern.

»Sie kann ihre Schwester nicht finden… und sie muss dringend zu ihr! Nicht wahr?«

Und Berits Augen ruhten auf ihr.

»Ja«, sagte Lina schließlich.

Paul stampfte auf, drehte sich um, sagte: Mist und machte dann etwas mit seiner Schulter.

»Was soll das heißen?«, sagte die Frau. »Da oben?«

Er antwortete so leise, dass man es kaum hören konnte.

»Ja, hinter dem Steinhügel da… *vielleicht*. Aber *wissen* tue ich es nicht.«

Sie gingen weiter Hand in Hand, und der Steinhügel auf einer hohen Klippe mit dem Himmel dahinter, und Lina lief los.

»Warte!«, hörte sie hinter sich, aber sie lief, war schon oben, rannte auf der anderen Seite hinunter, herum, zurück, wo, wo?

Da. Lag etwas.

Eine breite Senke, zwei Leute. Dunkle Haare.

»Anne!«

Und er kam hoch, hatte Kleider an, sie auf dem Fels, Lina lief hin, »Anne! Anne! Du musst kommen!«, und rannte direkt auf sie zu, gegen sie, da war nichts, die vorstehenden Brüste, und sie schlang die Arme fest um Annes Rücken und spürte die Haut der Brüste an ihren Wangen.

Wie gut, dachte Johan, er stand in der Plicht, der Blonde, hinter seinen Augen drehte sich alles.

»Wie gut«, sagte Johan ruhig und spürte, dass seine Lippen zitterten, »ich habe nach Ihnen gesucht.«

Der blonde Mann blieb einen Meter bugwärts vom Mast auf dem Deck stehen, doch noch ehe er etwas entgegnen konnte, fuhr Johan fort:

»Ich suche nämlich meine Frau, ich muss sie finden … Ich habe gedacht, sie wäre vielleicht hier. Haben Sie vielleicht meine Frau gesehen?«

Die kleine Gestalt machte ein paar Schritte, Johan trat in der Plicht zur Seite.

»Ihre Frau«, meinte der Blonde. »Warum sollte Ihre Frau hier sein?«

Johan musste überlegen, die Kiefer spannten, er hielt sich am Baum fest.

»Ich weiß nicht … ich habe überall nach ihr gesucht … ich dachte, Sie wüssten vielleicht, das war doch irgendwie Ihr Fest. Und deshalb habe ich gedacht …«

»Nein. Ich weiß nicht, wo sie ist. Ich weiß nicht einmal, wer sie ist.«

»Nicht, aha.«

Johan spürte, dass sich in seinem Kopf alles noch heftiger drehte, der Blonde kontrollierte etwas, das Achterstag?, ein leises Geräusch, unten aus der Kajüte, Johan räusperte sich, klang das laut?, verdeckte er dort, wo er stand, den Niedergang?

»… tja, dann werde ich wohl mal … weitersuchen«, sagte er, ohne sich von der Stelle zu rühren, und spürte den Blick des Blonden von der Seite.

»Sie sind ganz blutig. Am Rücken. Was ist passiert?«

»Ach …«

»Sie benötigen einen Verband. Was ist passiert?«

Der Blonde schob sich vorbei und machte Anstalten, in die Kajüte hinabzusteigen. Gleichzeitig schallte von unten ein deutlich zu vernehmendes Knirschen zu ihnen herauf. Johan tat so, als würde er nachsehen.

»Was war das?«, sagte der Blonde, während er hinabstieg und hastig nach einer Petroleumlampe griff, sie mit einem Streichholz anzündete. Johan rührte sich immer noch nicht von der Stelle, sah schemenhaft das Wasser dort unten, der ganze Boden, es war schon unglaublich viel.

»Das Boot ist leck geschlagen«, erklärte der Blonde, »es dringt Wasser ein. Hilf mir!«

»Oh weh … das ist ja …«

Der Blonde suchte schnell eine Pütze heraus, hob sie an, war auf dem Weg zum Bug.

Hielt inne.

Er wandte sich um, sah Johan unverwandt an, das dunkelgelbe Licht der Lampe, es war völlig ausgeschlossen, seinem Blick nicht zu begegnen. Eine Verschiebung im Gesicht des Blonden.

»*Du?*« Eine Sekunde. »Stimmt doch, oder?«

Johan spürte, dass seine Arme sehr schwer herabhingen und sein Rumpf von den Beinen zu gleiten schien.

»Was meinst du?«

Der Blonde sprach schnell:

»Ich frage mich, was du hier getan hast!«

»Ich habe nichts getan.«

Und er war schon oben auf Deck, lief, einfach nur an Land, an Land …

Und das Luk, neben ihm, da war etwas, ein Arm, und er fiel, und der Blonde war oben, neben ihm, und presste ihn aufs Deck.

»Was genau hast du getan? Antworte!«

»Ach, was soll's, du wirst es eben wieder reparieren müssen!«, und Johan beugte den Arm, »du kriegst doch sonst alles hin!«, und schlug mit dem Ellbogen aus, direkt gegen das Kinn des anderen Mannes, so war es gut, der Blonde fiel nach hinten, rappelte sich wieder auf, umklammerte fest Johans Brust, und sie fielen beide aufs Deck, und die Kleider des Mannes, ihr Geruch, da war Staub und Trockenheit und noch etwas anderes.

»Nein, ich habe nicht vor, dich an Land gehen zu lassen. Du hilfst mir jetzt«, und das war eine andere Stimme, und Johan, und es drehte sich wieder alles, und die Augen, die des anderen.

»Lass mich jetzt los, du dreckiger …«

und sie waren jetzt weiter achtern und das Gesicht auf dem Deck, aber das Kajütdeck, dort war ein Griff, und Johan streckte schnell eine Hand aus, und der Griff musste schwer sein, und er riss ihn los, die Umklammerung des anderen, aber Johan warf die Hand über die Schulter, spürte, wie er, dass er – traf! Ja, er hatte getroffen, und der Griff der Arme löste sich, und er stand auf, der Blonde war im Bug, seine Schulter blutete, die hellen Haare in Strähnen, das Hafenbecken hinter ihnen, das Schimmern, Fenster, in denen noch Licht brannte.

»Ich denke, du solltest jetzt besser gehen«, sagte der Blonde und bewegte sich zur Steuerbordseite, »ich denke, du solltest jetzt an Land gehen.«

Johan hielt noch immer den Griff in der Hand, plötzlich lief eine Art Welle durch seine Brust, er legte den Kopf in den Nacken, ihm war sehr heiß und sehr kalt, er hörte sich lallen.

»Kommst einfach her mit deinem Boot«, er bewegte sich über das Deck, »dieser ganze verdammte Quatsch, am Abend zum Wein einzuladen«, er war näher gekommen, »jetzt haben diese bescheuerten Pyromanen auch noch mein Dingi geklaut, hast du das gewusst?«, er kam immer näher, »und Petra, ich kann sie nicht finden, kapierst du? Der ganze Urlaub … und die ganze Insel hier … kapierst du, kapierst du, was du getan hast, du verdammter Idiot?«,

und der Blonde gab ihm eine Antwort, ja, das tat er, war ganz nah, und der Blonde blieb stehen, bewegte sich nach achtern, sagte etwas, und dann gab es nur noch, er sagte noch etwas, und dann gab es nur noch, und er hörte sich schreien

»Halt's Maul!«,

schrie er und hob den Griff, und der Arm des anderen schoss hoch, aber den schlug man einfach weg, und dann mit dem Griff schlagen, und dann mit dem Griff schlagen, und auf den Kopf, und der Griff, und der andere fiel, suchte Halt, aber nicht doch, und dann mit dem Griff schlagen, und die Seile, die Seereling, und er sagte etwas, die Falten und die

Haare, und ein fester verdammter Griff, die Hand des anderen, ein fester Griff in den Pullunder, und er versuchte, sich loszureißen, aber die Hand, sie war noch da, und der Pullunder wurde zerrissen, der verdammte Idiot, und sie waren beide kurz davor, über das Seil zu fallen, und ein Drahtseil, drück einfach, halt dich am Stahlseil fest und drück ihn einfach runter –

und er klammerte sich mit einer Hand an das Stahlseil und hörte das Klatschen, genau unter ihm, der andere, wie eine große Schale aus Licht, überall flogen leuchtend gelbrote Tropfen, eine große Schale aus Licht, und der Körper versank, es erlosch, die Tropfen erloschen, die fuchtelnden Hände, der Stoff, der andere war fort, und er hing noch da oben, schlug sich selbst auf den Arm, das Stahlseil, ließ den Griff ins Wasser fallen, schlug weiter, an Land an Land.

Als er über die Anhöhe lief, hatte er auf einmal einen vollkommen klaren Kopf.

Er war an Land gekommen, hatte sich umgesehen, ohne eine Menschenseele entdecken zu können, hatte das Krach gemacht? Wie viel? Irgendwer musste doch etwas gehört haben? Oder etwa nicht? Schöne Scheiße! Und er lief, so schnell er konnte, im Schutz eines kleinen Felskamms und entlang einer flachen Senke, Mist, warum musste der auch kommen? Warum?

Er wusste nicht, wo er sich befand, war müde, er war gerannt und anschließend schnell gegangen und dann langsamer gegangen, er hatte sich hingesetzt, und es pochte wieder heftig in seinem Kopf. Er versuchte, nüchtern zu überdenken, was passiert war, dem hatte er jedenfalls eine ordentliche Lektion erteilt, dem da, der hatte eine tüchtige Abreibung bekommen, und er legte sich hin, bemerkte, dass der Pullunder und das T-Shirt mitten auf der Brust ein großes Loch hatten, und er zog beide bis zum Hals hoch und ließ sie dort, lag da und rieb seinen Rücken fest am rauen Untergrund, schloss die Augen und schluckte und hustete und atmete.

Sie liefen. Aber Anne war bei ihr, und über die Anhöhe, zum Boot, und dann die Klappe.

Ein Telefon leihen, sie riefen an. Berit.

Sie hatte an Land gesessen und gesehen, wie ein paar Leute ihn getragen hatten, ihn auf die Anhöhe hinaufgetragen hatten, Decken. Anne war bei ihr, es war ein Gefühl, als schliefen sie, als wären sie wieder wach.

Lange hatten sie dort gesessen und gelauscht. Berit hatte noch einmal angerufen, es wurde bald hell.

Anne neben ihr.

Dann. In der Ferne, am Himmel.

»Tjucke-tjucke-tjucke«, und näher, und noch näher, und die Dunkelheit und Lampen, die über ihnen blinkten »TJUCKE-TJUCKE-TJUCKE-TJUCKE«, und ein großes schwarzes Ding, das angeflogen kam und sich auf die Anhöhe herabsenkte, und die ganzen Geräusche und Leute, die von ihren Booten aus zusahen, und Anne war bei ihr.

Der Vorpiek, sie durften liegen, sie durfte liegen, Anne durfte auch dort liegen, sie lag neben Anne, spürte das Boot schaukeln. Berit. Das Telefon, sie hatte telefoniert und dann gesagt, sie hätten gesagt, er sei da, sei angekommen, in einem Krankenhaus. Berit hatte gesagt, dass, warten, bis man mehr weiß.

Das Polster an ihrer Wange, ihre Hand auf Annes warmem Bauch, sie sah eine Sonne mit Augen und Flügeln, sah rennende Tiere und ein Gesicht, das sich drehte, als sie die Augen schloss, und sie spürte, wie sich das Boot bewegte und schaukelte.

Ausflugstag Naturkunde Gruppe: 5
Namen: Emily Johnson, Gabriella Laeschner,
Ludvig Hermansson, Ola Grunt
Klasse: S2d Långabergsschule

Station 1. Der Pier

Kennzeichen (Beschreibe möglichst genau, was du findest)	Name (Suche in den Bildern im Buch)
Durchsichtig, sehr glitschig in der Hand, ungefähr so groß wie ein großer Essteller, hat keine Nesselzellen	Ohrenqualle
Hat fünf Arme (aber manche haben nur vier oder drei), lila oder orange, eine Menge kleiner Saugfüße unten, in der Mitte eine schleimige Öffnung = Mund	Seestern

Dunkelrot mit langen Fäden, die total brennen, auch blau (obwohl die kleiner ist)	Feuerqualle

Station 2. Das Fischerboot

Kennzeichen	Name
Großer und ovaler brauner Körper, riesengroße Scheren mit schwarzen Spitzen, der Panzer so groß wie die Hand des Fischers, eklige behaarte Beine (findet Gabriella)	Taschenkrebs
Nur eine Schere, fünf cm lang, versteckt seinen Körper im Inneren seiner Schnecke = eine graue Spirale, will einen mit der Schere die ganze Zeit kneifen	Einsiedlerkrebs
Braungelb (irgendwie gesprenkelt), viel kleiner als der Taschenkrebs	Gemeine Strandkrabbe
Blauschwarz, dicke Scheren und Beine, länglich, supergroß!	Hummer

Er wachte davon auf, dass er nicht mehr liegen konnte, weil der Rücken, und der Himmel war heller und er stand sofort auf und ging sehr aufrecht und zügig und der Rücken, er sah, dass dort unten Wasser war, und er ging mit schnellen Schritten und griff nicht hin und ging schnell hin und legte sich auf der Stelle ins Wasser.

Mit dem Rücken an den Fels gelehnt hatte er geschlafen, war nochmals eingeschlafen, schlief immer wieder kurze Zeit, um sich dann erneut zu kratzen, eine Minute lang hörte er ein wuchtiges Knattern am Himmel und schlief danach wieder ein, die Dunkelheit über ihm, ringsumher, die Anhöhe und Wunden und Kanten, die Flechten, die zerkrümelt wurden.

Er blieb im Wasser liegen, entdeckte Mückenstiche auf seinem Bauch, das Licht, konnte die Sonne nicht sehen, der Himmel schien immer höher und größer zu werden, das Meer war graublau und spiegelglatt, in der Ferne ein fast aufgelöster Horizont, weiße Vögel wie Striche in der Luft, das kühle Wasser an Schultern und Rücken, der steinige Grund, Blasentang, ein Teil der Insel, auf dem er bislang nicht gewesen war? Ein ganzes Stück entfernt einige Segelboote an einem Felsabsatz, Motorboote, er tauchte den Kopf ganz unter, schloss die Augen, lag so, dass nur noch seine Nasenspitze über Wasser war, die Kühle an seiner Haut, er schlug mit dem Hinterkopf auf.

Er hatte sich halb aufgerichtet und kniete, Wasser tropfte von seinem Pullunder, aus einem Loch auf dem Bauch, was zum Teufel war das?, und gleichzeitig hörte er hinter sich Motoren und drehte sich um, hinter einem Hügel, ein blaues Boot mit langsamer Fahrt, blauweiß, tauchte an der Landzunge auf, fuhr zunächst vor der Insel weiter, *so* ein Boot? Es drehte bei, näherte sich, und ohne zu wissen warum, stand er auf, die Hose klebte, jemand stand an Deck und hielt Ausschau, Johan beobachtete aufmerksam, wie der Bug das Wasser durchschnitt, die kleinen sanften Wellenkämme zu beiden Seiten, es kam näher, er sah, dass der Steven und die Wasseroberfläche bald die gleiche Farbe haben würden.

»Hallo.«

Das Boot war kaum mehr als zehn Meter von ihm entfernt, es glitt ganz langsam auf einen Felsvorsprung zu, der Mann auf Deck hielt eine Vertäuungsleine in der Hand. Er trug ein Polizeihemd, Johan stand still und sah zu, der Mann sprang an Land, signalisierte einer zweiten uniformierten Person im Heck, dass alles okay war, die großen blauen Buchstaben auf der Außenseite der Kajüte.

»Hallo, Sie«, sagte der Polizist, während er die Leine an einem Stein festmachte, sich aufrichtete und näher trat. Er war braungebrannt und trug eine Sonnenbrille.

»Man hat uns gemeldet, dass es hier im Hafen gebrannt hat. Wissen Sie etwas davon?«

Johan rührte sich immer noch nicht von der Stelle, der Polizeibeamte schaute sich um, zwei weitere Polizisten waren auf dem Vordeck zu sehen, ein älterer Mann mit Bart und eine Frau. Johan merkte, dass sie seine Kleider musterten, es tropfte immer noch, durch das Loch im Pullunder sah man rote Haut.

»Ja«, antwortete Johan, während er fieberhaft seine Gedanken zu ordnen versuchte. »Das stimmt. Es hat gebrannt.

Aber das war gestern … oder besser gesagt diese Nacht. Es war auf der anderen Seite«, er drehte sich um, wusste nicht, in welche Richtung er zeigen sollte, setzte sich am Ufer auf einen großen Stein. »Es war in dem großen Hafen. Ihr seid falsch gefahren.«

Die Polizisten wechselten ein paar Worte.

»Ein paar Typen haben eine Menge Gras angezündet, das sie im Wasser verstreut haben«, sagte Johan.

»Aha? Und warum?«

»Sie haben mein Dingi genommen. Und dann sind sie rausgerudert und haben das Gras angezündet. Aber das ist gestern Abend gewesen. Sie kommen viel zu spät.«

Er spürte, dass ihn der Polizeibeamte, der am nächsten bei ihm stand, ansah.

»Aha. Und Sie … schwimmen ein bisschen?«

»Ja.«

»In voller Montur?«

»Tja.«

»Morgens um halb fünf?«

Johan blickte ins Wasser hinab, der Polizist beugte sich vor.

»Wie ich sehe, haben Sie sich auch verletzt.«

Johan drehte den Körper, zuckte mit den Schultern.

»Ich habe mir gestern einen Sonnenbrand geholt. Hab zu lang in der Sonne gelegen.«

Der Polizist nickte.

»Aber die haben sich Ihr Dingi genommen. Und Gras angezündet, wie Sie sagen. Hat sonst noch was gebrannt?«

Das Sonnenlicht blendete, Johan merkte, dass er wieder im Wasser saß.

»Weiß nicht.« Er starrte auf seine Füße unter der Oberfläche, erinnerte sich, blitzschnell, jemand, der ins Wasser fiel, ein Boot, jemand, der hineingefallen war, er zuckte zusammen und blickte zu den Polizisten auf.

»Ich habe nichts gesehen. Ich weiß es nicht.«

Die Polizisten sahen sich an.

»Ich glaube, wir helfen Ihnen mal auf die Beine«, sagte der Polizist, der am nächsten bei ihm stand, »Sie können hier ja nicht in alle Ewigkeit sitzen bleiben.«

Johan wollte etwas erwidern, der Polizist stieg ins Wasser herab und packte ihn unter den Armen, Johan schüttelte sich, was sollte das denn jetzt? ... er streckte schnell eine Hand nach vorne, so dass der Polizist einen Schritt machen musste, auf etwas trat und nach hinten strauchelte.

Sie saßen beide im Wasser. Johan musterte den anderen und sah, dass der Stoff auf seinen Knien noch trocken, die restliche Hose jedoch dunkler war, sah gleichzeitig, dass der Beamte augenblicklich eine fast unmerkliche Geste mit dem Kopf machte und die anderen Polizisten schnell an Land gingen.

Kurz darauf Arme um ihn, starke, viele.

»Ich denke, Sie sollten jetzt ganz ruhig bleiben«, erklärte der ältere Beamte, während sie ihn an Bord brachten, »Sie werden jetzt ganz ruhig bleiben. Und dann werden Sie hier drinnen Ihren Rausch ausschlafen.«

Was hatte er getan, sie führten ihn zu einer blauen Pritsche in Fensternähe, dort gab es eine weitere Bank und einen Tisch, der jüngere Polizist setzte sich ganz außen und blockierte auf die Art den Ausgang.

»Sie werden jetzt schön brav sein. Hören Sie auf mich«,

sagte er und setzte sich breitbeinig hin, den Blick nach oben zum Armaturenbrett gerichtet. »Dann werden wir uns wohl mal den Rest der Insel ansehen.«

Berit stand neben ihr, Anne war in der Kajüte. Auf dem Tisch standen Tassen, lagen Brote.

»Willst du eins?«, sagten sie, und Lina saß kurz da, strampelte den Schlafsack weg, gähnte, bekam von Anne ein weißes Hemd, das Butterbrot mit dem Käse.

»Sie sind anscheinend schon unterwegs. In einer Viertelstunde, haben sie gesagt, okay?«

Berit und Anne in der Plicht, Anne antwortete mit einem Kopfnicken, Lina blieb auf der Bank sitzen und kaute, und Berit lehnte sich vor und sah auf sie herab.

»Lina, ich geh nur kurz zurück und rede mit unserem Skipper, damit er weiß, wo ich bin. Aber ich bin gleich wieder da.«

Lina antwortete nicht, schielte zu Anne hinüber.

»Ich komme zurück. Also geht nirgendwohin. Versprecht mir das.«

Anne sagte etwas, und sie unterhielten sich noch eine Weile leise, und »… vielleicht in einer Stunde …« und »… ihr werdet Hilfe bekommen von …«, und daraufhin hörte man Berits Schritte auf Deck.

»Ich will noch ein Brot haben«, sagte Lina schnell, bemerkte, dass Anne sich umgedreht hatte, dastand und etwas auf der anderen Seite des Hafens betrachtete.

Das Boot hielt langsame Fahrt, und sie fuhren an mehreren Buchten vorbei. Johan erkannte nichts wieder, er hatte den Polizisten anzusprechen versucht, der ihm jedoch nur mit einem kurzen Brummen geantwortet hatte. Er lehnte sich gegen die Fensterscheibe, folgte der Uferlinie, vertäute Boote, Ankerleinen, kein Mensch war wach, er sah eine nicht sonderlich hohe Hügelkuppe mit einem Steinhaufen darauf, da, da oben hatte er gestern gesessen, oder nicht? Und es war wieder da, jemand, der über die Reling fällt und ins Wasser, und dass Wasser aufspritzte und es blutete, und dann weg, und er starrte weiter hinaus, kontrollierte, ob der Polizist ihn ansah.

»Dann ist hier diese Nacht also tüchtig gefeiert worden, nicht wahr?«, meinte der Polizist.

Johan sah weiter zur Seite und spürte, dass er mit aller Macht kämpfen musste, damit seine Beine und Arme nicht ausschlugen, »Was?«, lächelte der Polizist, und noch ehe Johan antworten konnte, umschifften sie die nächste Landzunge, und auf der Backbordseite tauchte der große Hafen auf, und er spürte schlagartig etwas Großes, Dickes und Kaltes in sich, schielte zum hintersten Punkt der Bucht, da, da war es, eine Hand, die einen Ring um einen Schlauch wegreißt, Wasser sickert rasch ein, der Boden, jemand kam näher, die Schritte auf Deck – und er kniff die Augen möglichst fest zu.

»Was zum Henker ist denn das?«, kicherte der Polizist.

Sie waren weiter in das Hafenbecken hineingefahren, es war kein Mensch zu sehen, man hörte nur das gleichmäßige Schnurren des Motors, die Boote, die überall entlang der verwaisten Felsen vertäut lagen, Johan konnte keinen Unterschied zum Vortag feststellen.

Die Polizisten auf Deck unterhielten sich, Johan lehnte sich ganz dicht zu der Fensterscheibe vor und drehte den Kopf.

Ein Boot vor der Anhöhe. Mehrere Boote vor der Anhöhe, dort der Motorsegler. Und neben diesem. Ein gewisses Boot. Er starrte hin. *Sein* Boot. Und ein großer – Klumpen.

Er war sehr groß und oval, sie kamen noch näher heran, sahen Seile, ganz oben, dicht unter dem Masttopp hing etwas.

»Das sieht nach einer Jolle aus«, meinte der Polizist.

Sie waren dem Heck ganz nah, der Beamte grinste, schaute hoch, das Dingi hatte schwarze Flecken an den Seiten, Johan sah weiter entfernt an einer Felswand ein Ruder treiben.

Er suchte die Plicht ab, versuchte, den Mund zu öffnen, das ist mein Boot. Das ist mein Dingi, diese Dreckschweine. Er biss die Zähne zusammen, das Polizeiboot bewegte sich sehr langsam durchs Wasser, er starrte immer nur zu dem Mast hinauf.

»Es könnte jemandem auf den Kopf fallen«, sagte er unvermittelt, und der Polizist drehte sich zu ihm um.

»Wie bitte?«

Ihre Blicke begegneten sich, sekundenlang.

Johan dachte, spürte die Gedanken schnell, ganz schnell, saß vollkommen still, antwortete nicht, dachte: Diese verdammten dreckigen Schweine.

Das Polizeiboot war weiter in den Hafen hineingefahren, einzelne Menschen bewegten sich auf der Anhöhe und in den Plichten, Johan drehte sich immer wieder um, sah sein Boot, das Dingi dort oben, sah das Großschot, sah für einen flüchtigen Moment die Boote weiter draußen auf der anderen Seite, konnte nur das Schulschiff erkennen, versuchte immer wieder, dem Polizisten etwas zu sagen, ohne einen Ton über die Lippen zu bekommen, das Polizeiboot drehte bei, das Boot und das Dingi verschwanden aus seinem Blickfeld, Johan legte die Hände auf die Tischplatte, atmete mit fast gähnend offenem Mund, spürte, wie sich seine Lunge weitete und zusammenzog, sich erneut weitete, immer mehr, noch mehr.

Dann irgendwo eine Stimme, mehrere Stimmen, schließlich sah Johan hin. Ein Mann mittleren Alters auf einer Klippe in unmittelbarer Nähe, das Boot schmiegte sich dicht an den Fels, das Schlagen der Fender.

»... über ein Feuer hier auf der Insel heute Nacht«, hörte man den älteren Beamten sagen. »Wissen Sie etwas darüber?«

Johan blieb am Fenster sitzen, konnte die Antwort von Land nicht hören.

»Aha, mehr ist also nicht passiert?«, erkundigte sich der Polizist.

Johan ließ seine Augen vorsichtig durch den Raum schweifen, das Fenster, der Tisch, der Polizist neben ihm.

»... aha, wieso?«, sagte der ältere Polizist, und gleichzeitig wurde der Motor abgestellt, und die Stimme des Mannes an Land war daraufhin deutlicher zu hören:

»… aber als ich gerade eben vorbeigegangen bin, ist es weg gewesen. Und da hab ich mir gedacht, dass es schon ein bisschen seltsam ist, dass einer es tatsächlich schafft, mitten in der Nacht so schnell ein Boot flott zu machen, nicht wahr?«

Johan saß vollkommen still.

»Was sagen Sie, wo hat es gelegen?«

»Ganz innen, an dem Absatz da«, hörte man den Mann sagen. »Groß war es auch, bestimmt zehn Meter lang, und es hatte dermaßen Schlagseite, dass der Mast fast parallel zum Wasser lag.«

Johan drückte schnell den Rücken durch, spürte sein Herz einmal fest schlagen, unterdrückte den Impuls, schnell zu dem Polizisten neben sich hinüberzuschielen, hatte ein Bild von einer dunklen Felswand vor Augen, die immer weiter anstieg und sich immer weiter auftürmte.

»Aber dann«, hörte man den älteren Polizisten oben, und in seinem Tonfall schwang irgendetwas mit, »dann war es also *weg*?«

»Ja. Spurlos verschwunden.«

»Und um wie viel Uhr war das?«

»Na ja, das ist noch gar nicht so lange her … Vielleicht eine Viertelstunde, dass ich es entdeckt habe.«

»Aber vor etwas mehr als drei Stunden …«, die Stimme des Polizeibeamten verlor sich.

»Ja, da lag es noch da drüben, gesunken!«

Der Beamte, der Johan bewachte, stand auf und wechselte ein paar Worte mit einer Polizistin, die beiden lächelten sich an, nickten zu dem Mann an Land hin, Johan presste seine

Beine fest gegen die Pritsche, schlang die Arme um sich, spürte das Blut durch seinen Körper schießen.

»So so«, meinte der Beamte an Deck, »wir werden versuchen, der Sache nachzugehen. Das klingt ja nun in der Tat ... ein bisschen merkwürdig. Molin, kannst du ...«

Die Polizistin ging über das Deck, stieg an Land und begann, sich mit dem Mann zu unterhalten, leisere Stimmen.

Johan ließ seine Augen regungslos verharren, er fühlte sich unglaublich schwer und steif, entdeckte durch das Fenster gleichzeitig eine andere Frau, die sich auf dem Hügel näherte, auf das Polizeiboot zuging, seine Augen folgten ihr unablässig, während sie immer deutlicher wurde, er sah, dass sie ein Handy in der Hand hielt. Petra, war das Petra?

Nein – nicht.

»Wenn ihr müde seid, könnt ihr in ihrem Boot schlafen, hat sie gesagt. Sie scheint nett zu sein. Und dann nehmen sie auch noch euer Boot ins Schlepptau.«

Berit stand in der Kajüte, Lina saß neben Anne, der Tisch war voller Krümel, Berit setzte sich, sagte noch etwas zu Anne,

»... und sie heißt Katri«, sagte Berit. »Ich gehe gleich mit euch hin. Wollt ihr in der Zwischenzeit packen, was ihr so braucht?«

Sie hob die Augenbrauen und sah Anne an, die mit einem Kopfnicken antwortete.

»Ich geh dann mal los und rufe noch einmal im Krankenhaus an«, sagte Berit. »Bin gleich wieder da.«

Ihre Schritte über das Deck. Lina starrte das unregelmäßige Muster in der Plastikwand an.

Anne stand auf. Ihr Gesicht und ihre Bewegungen, Lina sah genau hin, schnelle Arme, Hände, ihre Stimme, die Haare in kleinen Locken. Anne sagte:

»Was brauchen wir denn wohl ...«, machte ein paar Schritte in der Kajüte, hob ein Hemd auf, ließ sich auf eine der Sitzbänke fallen, stand wieder auf, »eine Mütze brauchen wir vielleicht, deinen Hut…«, sie fuhr fort, mit den Augen die Regale abzusuchen, »ein Handtuch«, und sie zog an ihrem Handtuch, sah Lina, dachte, dachte schnell, oh nein, nicht das, und dann flog etwas heraus, »bumm!«, auf den blauen Teppich auf dem Boden, und dann lag sie da, und Anne sagte »aaah!« und machte einen Schritt und starrte Lina an, die sich nicht rührte, Anne stand still, Lina schluckte, schaute, sprang herab, nahm den beißenden Geruch wahr, der trockene, schwarzrote Klumpen, und sie hob ihn hoch, Anne, die starrte und stumm blieb, und Lina sah, dass Anne sah und den Panzer, die Seepocke wiedererkannte, ihren Blick suchte.

»Ich hab sie dann doch noch gefangen.«

Schweigend standen sie da und betrachteten das Tier.

»Da hat sie noch gelebt«, sagte Lina. »Ich schwöre es. Ohne Kescher.«

Sie hielt die andere Hand hoch, zeigte auf die Schnittwunde und den Wundschorf. Stand da und betrachtete noch eine ganze Weile die Krabbe, spürte, dass Anne sie unverwandt ansah, nickte, und dann Annes Hand auf ihrer Schulter, und Lina schüttelte die Krabbe ein wenig, die scharfkantigen Beine, es klapperte, die hängenden Scheren und der weiße scharfe Punkt auf dem Panzer.

Dann war sie vollkommen still.

»Ganz ohne Kescher. Ich schwöre es.«

Der Polizist saß immer noch bei ihm und blockierte den Ausgang. Johan legte die Hände zusammen, versuchte, ruhig und gleichmäßig zu atmen, blickte verstohlen hinaus, konnte den Mann nicht mehr sehen, der auf dem Felsen gestanden und sich mit der Polizistin unterhalten hatte. Einige andere Menschen hatten sich auf dem Hügel zu den Beamten gesellt, man hörte leise Gespräche, die Polizisten schauten sich immer wieder um, während sie zuhörten und Blicke wechselten.

Johan hatte auf einer Tischplatte weiter unten in der Kajüte ein Handy entdeckt. Er sah den Polizisten an, der breitbeinig und mit verschränkten Armen dasaß, ab und zu den Kopf ein wenig drehte, wie alt war er? Um die vierzig vielleicht.

»Sie, könnte ich das bitte mal bekommen?«, sagte Johan und nahm wahr, dass es wie ein Flüstern klang, der Polizist sah ihn aufmerksam an.

»Was denn?«

Gleichzeitig kehrten die anderen Beamten an Bord zurück, stellten sich in die Nähe des Niedergangs und unterhielten sich leise.

»Schön«, hörte man den älteren Polizisten sagen, wobei er

sich räusperte, »es liegt also Folgendes vor: Ein paar jüngere Burschen in einem Vega mit einer dreiundzwanzig oder möglicherweise auch dreiunddreißig oder dreiundvierzig im Hauptsegel, die ein bisschen gesoffen und die Sau herausgelassen und Unfug getrieben haben und dann vor Mitternacht gefahren sind … die können wir vielleicht später noch aufspüren.«

Die Polizistin brummte zustimmend.

»… und dann scheint ganz allgemein ziemlich gebechert worden zu sein … und … na ja, und dann noch ein gesunkenes Boot, das aber nicht mehr da ist! Was sagen wir dazu?«

»Ach weißt du, ich hab doch seine Fahne gerochen, der Typ hatte doch noch ganz glasige Augen, das ist doch nichts, worüber …«

Der Rest ihrer Erwiderung war nicht zu hören, sie lachten leise, diskutierten anschließend ernst und gluckstеn erneut, der ältere Polizist sah in die Kajüte hinab:

»Du, Larsson, wir bleiben nicht mehr lange … da ist nur noch die Sache mit den Kindern. Dann ziehen wir ab.«

Unmittelbar darauf wurde der Motor wieder angelassen, das Boot schwenkte herum, Johan konnte wieder zur anderen Seite hinüberblicken, sah den Zweimaster, das Boot, das Dingi.

Er wandte sich erneut an den Polizisten, musste mehrmals ansetzen, ehe man etwas hörte:

»Könnte ich bitte. Telefonieren.«

Er hatte nach draußen gezeigt und mehrmals wiederholt, dass dies sein Boot war. Sie hatten sich ruhig unterhalten, während sich das Polizeiboot langsam durch den Hafen bewegte. Er hatte zweimal erklärt, dass seine Frau in dem Boot schlief und es sein Dingi und sein Boot waren. Der Ton ihres Gesprächs war gedämpft und beherrscht gewesen.

Er schlug vor, der Beamte solle anrufen. Der Polizist schüttelte den Kopf. Johan merkte, dass er den Polizisten anzuschreien versuchte, aus seinem Mund aber trotzdem nur Worte in normaler Lautstärke kamen. Er bat den Polizisten, dafür zu sorgen, dass jemand das Dingi herunterholte, damit es keinem auf den Kopf fiel, und ihm taten Nase, Mund und Augen weh, und der Polizist meinte, er wisse nicht, ob er das könne. Auf einmal sah Johan drüben bei den Booten den dicken Mann und seine Frau, und dann, Petra, sie standen alle drei im Heck der beiden Boote und schauten zum Mast hinauf und zu dem Polizeiboot herüber. Er winkte ihnen heftig zu, aber sie schienen ihn nicht zu bemerken.

Er bat den Polizisten nochmals, anrufen zu dürfen, und der Beamte seufzte und rief dem Älteren etwas zu, der am Ruder stand, während der Dicke über die beiden Relings stieg. Er schien Petra mit dem Arm aufzufordern, an Land zu gehen, und beschäftigte sich anschließend mit der Großschot, wobei er immer wieder zu dem großen ovalen Klumpen im Masttopp hinaufsah.

Johan bat:

»Nur, damit ich ihr sagen kann, wo ich bin.«

Der Polizist kratzte sich in den Haaren und hüstelte.

Schwedischer Wetterdienst

Örtlicher Bericht Nr.: 023–65dy
Hamburgsund, nördliche Schären, 12.–13. Juli

Luft
Der Wind kam in der gesamten Messperiode aus östlicher oder ostnordöstlicher Richtung. Die Windstärke von 4 Meter pro Sekunde wurde in diesem Zeitraum nie überschritten. Der Durchschnittswert während der vierundzwanzig Stunden, berechnet auf der Grundlage von 24 Einzelmessungen, lag bei 1,9 Meter pro Sekunde aus östlicher Richtung.

Die höchste gemessene Temperatur betrug 34,6 Grad (13.00 Uhr), die niedrigste lag bei 23,6 Grad (04.00 Uhr).

Die durchschnittliche Luftfeuchtigkeit lag während der Messperiode bei 84 Prozent, was etwas höher als der Normalwert bei Hochdruck ist.

Der Luftdruck lag während der vierundzwanzigstündigen Messperiode bei durchschnittlich 1022 Hektopascal, was bei Hochdruck einem normalen Wert entspricht.

Wasser
Der Salzgehalt des Wassers lag laut Messung bei 33 Practical Salinity Unit (PSU), was einem normalen Wert entspricht.

Die signifikante Wellenhöhe – ein Mittelwert jenes Drittels von Wellen, die am höchsten reichen – war sehr niedrig, kaum einen Meter hoch.

Der Wasserstand war infolge des Hochdruckgebiets sehr niedrig, gut 75 Zentimeter unter Normal. Es kam zu keinen nennenswerten Luftdruckschwankungen, die den Wasserstand beeinflusst hätten.

Die Wassertemperatur wurde um 12.00 Uhr an diversen Stellen an der Oberfläche gemessen, der Durchschnittswert lag bei 18,4 Grad. In zehn Meter Tiefe lag die durchschnittliche Temperatur bei 17,9 Grad. An sechs Stellen wurde die Temperatur in zwanzig Meter Tiefe ermittelt und als Durchschnittswert 15,5 Grad berechnet.

Tidal range: Die Ebbe erreichte am 12. Juli um 11.14 Uhr bzw. 23.38 Uhr ihren niedrigsten Stand, die Flut ihren Höchststand um 05.02 Uhr bzw. 17.27 Uhr. Die Differenz zwischen den beiden Wasserständen betrug gut 55 Zentimeter.

Gez. Fd. Lmd.

Berit hatte sie ein Stück weiter in die Bucht hinein begleitet, Lina starrte geradeaus, jemand, der sie aus dem Schiebeluk in einem Motorboot heraus beobachtete, die Sonne, die blendete und orange war und wie ein Eisbällchen aussah, und hinter ihnen fuhr auf dem Wasser ein Polizeiboot mit langsamer Fahrt. Berit winkte einem älteren Mann am Steuer zu, und das Boot näherte sich sachte einer großen, vor ihnen liegenden Klippe.

»Da ist sie. Katri. Sie wird sich um euch kümmern.«

Kurz bevor sie da waren, blieb Lina stehen, beobachtete aufmerksam, Anne stieg zu dem Polizeiboot hinab, Berit sprach mit Katri, Anne stand daneben und hörte zu.

Dann kam Anne zurück.

»Wir müssen noch warten. Sie müssen anrufen und irgendetwas regeln, und dann müssen sie das Abschleppen vorbereiten. Sie sagen, wir sollen hier warten.«

Lina sah die Polizisten, die sich auf Deck bewegten und mit Berit sprachen. Katri kam an Land und sagte Hallo, lächelte und fragte nach ihren Namen.

»Es dauert noch ein bisschen, bis wir fahren können«, erklärte sie. »Ihr könnt an Bord kommen oder hier an Land warten, ganz wie ihr wollt. Aber bleibt bitte in der Nähe des Boots, okay?«

Anne nickte, und Katri lächelte erneut.

»Wie gut«, Berit stand neben Katri, und die beiden wandten sich in einem anderen Ton an Anne. »Die im Krankenhaus wissen dann auch Bescheid … damit sie euch später erreichen können … und es gab noch nichts Neues …«

»Ja«, sagte Anne. »Ja.«

Berit umarmte Lina.

»Ich hoffe wirklich …«, sagte Berit und legte ihre Hand auf Linas Kopf. »Katri kümmert sich von jetzt an um euch.«

Sie sagten Tschüss, Lina blieb stumm, Berit zögerte noch einen Moment, dann ging sie.

»Na gut, aber nicht zu weit!«

Lina schüttelte den Kopf und sah, dass Anne mit geschlossenen Augen an den Felsen in der Nähe des Polizeiboots gelehnt sitzen blieb, die kleinen Bündel mit ihren Kleidern neben sich. Katri stand weiter entfernt und spülte den Bug mit Wasser aus einem Eimer ab.

Lina ging gemächlich über den hellen Fels, der unter ihren Fußsohlen sehr heiß war. Sie ging in einer kleinen abschüssigen Felsspalte über Gras, erreichte anschließend den Endpunkt der Anhöhe, gelangte zum innersten Punkt der Bucht und kam auf eine größere verdorrte Wiese hinab und sah rußgeschwärzte Steine in einem Kreis und dass leere Flaschen im Gras lagen und das Polizeiboot war ziemlich weit entfernt und niemand beobachtete sie. Sie streunte umher und entdeckte ein kleines weißes Stück Stoff mit einer Blume darauf und hob es auf. Die Ränder waren ausgefranst, und auf der einen Seite war der Stoff schwarz, aber in der Mitte sah man eine dornige gelbe und blaue Blume, und sie glättete den Stofffetzen, betrachtete ihn eingehend, hielt ihn in der Hand und steckte ihn im Weitergehen in die Tasche.

Ein Stück voraus sah sie auf der Wiese jemanden mit einem hellen Sack umhergehen. Lina blieb stehen und schaute genauer hin. Doch, das war jemand, der klein war. Und er hatte blonde Haare, das war er, der eine Mann, und sie beobachtete ihn zunächst und ging dann langsam zu ihm.

Als der Mann ihre Schritte hörte, drehte er sich um.

»Du. Bist zu Fuß unterwegs. Mal wieder«, sagte er.

Sie nickte. Die Haut in seinem Gesicht war etwas dunkler als am Vortag, er sah freundlich und müde aus. Sie betrachtete seinen Stoffsack, der fast voll zu sein schien. Er streckte die Hand aus und zeigte auf die Erde ringsum.

»Ich räume ein bisschen auf. Ich räume auf, damit es hier schön ist. Nach gestern Nacht.«

Er bückte sich und hob ein großes Stück Pappe und zwei zusammengedrückte Bierdosen auf.

»Gestern habe ich Muscheln gesammelt. Heute sammele ich das hier.«

Er sah sie an und lächelte, sie erwiderte sein Lächeln nicht.

»Hast du gesehen«, sagte sie, »dass da hinten ein Polizeiboot liegt?«

Er betrachtete das Boot einen Moment.

»Es ist mir schon vorher aufgefallen.«

»Wir werden damit wegfahren. Wir sollen abgeschleppt werden.«

Der Mann hielt inne, schien nachzudenken.

»Ihr sollt abgeschleppt werden. Warum das?«

Sie antwortete nicht sofort.

»Ist euer Boot kaputt?«

Sie schüttelte den Kopf.

»Mein Papa«, sagte sie, »ist krank. Sie sind gekommen und haben ihn diese Nacht mit dem Hubschrauber geholt. Deshalb gibt es keinen, der das Boot zum Festland fahren kann. Nachher rufen wir Mama an.«

Der Mann stand still und betrachtete sie. Dann sagte er:

»Ich habe heute Nacht Geräusche gehört. Anfangs habe ich nicht begriffen, was es war. Ich habe nicht gewusst, warum er hier war. Es tut mir leid zu hören, dass er wegen deines Papas gekommen ist.«

Sie drehte sich um, streckte den Arm aus und spürte, dass er ganz schwer war.

»Da hinten sitzt Anne. Sie winkt mir zu, wenn wir fahren.«

»Anne ist deine Schwester, der ich gestern begegnet bin«, erwiderte der Mann.

Es blieb ein paar Sekunden still

»Und wie geht es eurem Papa?«

»Das wissen sie nicht genau. Es ging ihm gar nicht gut. Sie haben gesagt, dass es gefährlich ist, aber dass man noch nichts Genaues sagen kann. Und nachher rufen wir dann Mama an.«

Es wurde erneut still, sie hustete, strich sich Haare aus der Stirn, ließ den Blick über das Ufer schweifen. Obwohl sie sich große Mühe machte, konnte sie den Mast in der Nähe der großen Felswände nicht finden.

»Aber … wo ist denn dein Boot? Es ist ja weg.«

Er stand da und blickte zu den anderen Booten hinaus. Es verstrich einige Zeit, sie sah ihn aufmerksam an, das Sonnenlicht wurde vom Wasser unter ihnen reflektiert, und sein

Gesicht wirkte auf einmal wesentlich heller, und sie fand, dass es aussah, als wäre er jünger, fast wie bei einem Jungen, sie sah, dass auf seiner Stirn, am Haaransatz, einige Wunden waren.

»Es liegt jetzt woanders«, antwortete er.

Ihre Augen suchten die langgestreckten Felsabsätze im Hafen ab, er merkte es und streckte Arm und Zeigefinger aus.

»Siehst du da draußen?«

Er zeigte auf die offene See weit hinter der Insel hinaus.

»Da.«

Lina machte sofort eine Silhouette in der Ferne aus, ein Boot mit einem Mast, das dunkel war vor all dem hellblauen, glitzernden Wasser.

»Ich musste es reparieren«, sagte er. »Also habe ich es verlegt. Damit ich es reparieren konnte, musste es in tiefem Wasser liegen. Hier drinnen war es zu seicht. Deshalb habe ich da draußen geankert. Und es repariert. Es war kaputt. Es hatte ein Loch.«

»Es hatte ein *Loch*?«

»Ja.«

»Und es ist Wasser reingekommen?«

»Ja.«

»*Viel* Wasser?«

Der Mann brummte zustimmend, und Lina wartete einen Moment.

»Und jetzt ist es wieder ganz?«

»Ja. Es ist ganz.«

Sie betrachtete das Wasser und die Boote. Lina spürte die Sonne auf ihren Armen, spürte, dass ihre Haare so heiß waren, dass man sie kaum anfassen konnte, sah Anne auf dem Felsen, die immer noch vorgebeugt saß, den Kopf auf den Knien, an Bord des Polizeiboots war von Katri nichts zu sehen.

Sie setzte sich und sagte schnell:

»Warum hast du keinen Nabel?«

Der Mann begegnete ihrem Blick mit weit aufgerissenen Augen. Ihr fiel auf, dass sie dunkelgrau mit kleinen grünen Strichen waren.

»Ich habe es gestern gesehen. Du hast keinen, stimmt's?«

Er schwieg, ohne sie aus den Augen zu lassen, stand sehr lange da und guckte, und sie wandte sich schließlich wieder den Booten zu.

Er schaute sich um, kontrollierte die Wiese, die Anhöhen und den Hafen.

»Ich werde dir etwas zeigen«, sagte er am Ende. »Was ich sonst niemandem zeige.«

Sie war auf einmal sehr müde, zuckte mit den Schultern, ohne ihn anzusehen, hatte Lust, die Augen zu schließen.

»Ich habe es vorher schon einigen anderen gezeigt. Aber das ist sehr lange her«, sagte er. »Die Menschen bekamen Angst, die Sache wäre beinahe übel für mich ausgegangen.«

Rasch drehte er den Stoffsack kurz über dem Erdboden auf den Kopf. Dosen und Plastikteile und Flaschen fielen heraus, und er schob alles mit dem Fuß zusammen und ging zu einem glatten Felsen neben ihnen. Behutsam löste er einen langen Knoten im Schnürsaum am oberen Rand des Sacks und breitete den Stoff auf dem flachen Felsen aus.

»Komm, stell dich hierher«, sagte er.

Lina zögerte, befolgte dann jedoch seine Anweisung und richtete den Blick auf den gelblich weißen Stoff, der fest und alt aussah.

»Sei ganz still.«

Sie schwieg und presste die Lippen zusammen.

Im nächsten Moment tauchte auf dem Stoff ein Bild auf. Man sah viele Menschen, die in einer Reihe standen und seltsame Kleider trugen. Ein Bild, dachte sie, wie konnte dort ein Bild sein?

Sie sah, dass sich einige von ihnen plötzlich bewegten. Sie waren dort auf dem Stoff und bewegten sich, und es gab eine Menge alter Leute mit Hüten und Stöcken und viele Kinder mit Kleidern und Erwachsene, die Schnäuzer oder Bärte hatten, und es schien, dass sie Lina ansahen, und sie schaute sich um und den Mann an, und was war denn jetzt das.

»Siehst du sie?«, sagte der Mann.

Er lächelte fast unmerklich, sah nett aus, und sie nickte, während er weiterstarrte. Das Bild verschwand. Eine neue Menschenansammlung tauchte auf der Stoffleinwand auf, sie schauten genauso wie ihre Vorgänger, trugen jedoch andere Kleider. Auch unter ihnen bewegten sich manche, ein Hut wurde zurechtgerückt, jemand machte einen Schritt zur Seite.

»Siehst du, wer das hier ist?«, sagte der Mann und zeigte auf den Stoff.

Lina blickte noch einmal zu dem Polizeiboot hinüber, ja, Anne saß auf dem Felsen da hinten, und sie schaute schnell auf die benachbarte Wiese, auf der zwei rosaschwarze Steine und ein langer Stock lagen, und weiter weg hüpfte ein schwarzweißer Vogel, und die Luft roch nach Salz und trockenem Gras, und das Wasser, das dort unten am Ufer sehr leise anschlug, und dann richtete sie die Augen wieder auf den Stoff, und dort sah man noch immer Menschen stehen und schauen, und der Mann zeigte auf einen von ihnen.

»Ist das ein Fernseher?«

»Siehst du, wer das ist?«

Lina sah ganz genau hin, sah, dass die Person helle Haare, ein faltiges Gesicht, einen kleinen Körper hatte.

»Siehst du?«

»Das bist du.«

Gleich darauf ein neues Bild auf dem Stoff, neue Menschen, wieder andere Kleider, Perücken, sie streckte den Arm aus, um es zu berühren, aber er hinderte sie sanft daran. Zeigte erneut auf das Bild.

Am Ende erkannte sie ihn als einen der Menschen auf dem Stoff, seine Haare waren länger, und sein Gesicht war glatter.

Plötzlich faltete er den Stoff zusammen. Er sagte:

»Hast du das gesehen?«

Sie verzog das Gesicht, was meinte er, und schließlich wiederholte er die Frage und fügte hinzu:

»Diese Menschen?«

Sie dachte kurz nach, schaute sich um, alles schien wie vorher zu sein, sie flüsterte sehr leise:

»Ja.«

»Bist du ganz sicher, dass du es gesehen hast?«

»Ja.«

Er nickte stumm und betrachtete den Stoff in seinen Händen, stand da und hielt das Stofftuch mit leicht gebeugten Fingern, die Knöchel waren braungebrannt, und es waren mehrere kleinere Wunden auf ihnen.

Sie sagte:

»Aber was waren das für …«

»Warte.«

Er setzte sich vor ihr auf den Fels, und sie fand wieder, dass er jünger aussah als vorher, noch jünger, dass er fast wie ein Junge aussah, der jünger war als sie selbst.

»Ich habe große Angst«, sagte er. »Von allen Dingen habe

ich davor die meiste Angst.« Er machte eine Pause. »Ich werde nicht zu viel sagen. Du bist eigentlich noch zu klein. Am allermeisten fürchte ich mich davor, dass andere Angst bekommen könnten. Denn wenn jemand *sehen* würde, wie du es getan hast, würden sie sich womöglich fürchten.« Er nickte. »Das kann man nicht richtig verstehen, nicht auf die normale Art. Du bist noch zu klein. Aber du hast keine Angst bekommen, oder?« Seine Hand zeigte aufs Wasser hinaus und die Insel hinauf. »Ich werde bald aufbrechen. Wieder reisen. Und ihr auch. Ich hoffe wirklich, dass dein Papa wieder gesund wird. Du hast doch keine Angst bekommen?«

Sie antwortete nicht sofort, ihr war schwindlig, und sie hatte Durst, schließlich schüttelte sie den Kopf.

»Vergiss nicht«, sagte er und hielt den Sack auf, »vergiss nicht, dass du das und alles andere gesehen hast. Vergiss es nicht. Es ist wichtig.«

Sie nickte langsam, sagte, »doch, ich habe es gesehen«, und hatte das Gefühl, dass sie noch etwas sagen sollte, kam aber nicht mehr dazu.

»Ich muss jetzt weitermachen«, sagte er und zeigte auf die Bierdosen. »Ich muss mich bald auf den Weg machen. Ich kann nicht mehr lange auf dieser Insel bleiben. Gestern konnte man sich hier aufhalten, da gab es Platz. Manchmal ist hier Platz. Auf Trinisla. Und ein paar anderen Inseln. Aber sie sind dünn gesät. Kleine Lücken nur, von Zeit zu Zeit. Und oft muss es außerdem noch richtig heiß sein. Und jetzt«, er brummte, »jetzt ist der Platz für mich für dieses Mal verschwunden. Die anderen umliegenden Inseln sind vermutlich besetzt. Ich muss weiterfahren.«

Sie drehte sich um, ihre Augen suchten, und sie zeigte auf eine kleine Felseninsel weit vor dem Hafen.

»Da draußen liegen keine Boote, da kannst du hinfahren.«

Er schüttelte den Kopf und schaute auf den Felsen hinab.

»Nein, weit. Ich muss viel weiter fahren. Bis zur nächsten Stelle ist es sehr weit. Ich weiß, wie man dorthin kommt.« Seine Haare glänzten in der Sonne, sie sahen sehr dick und strohig aus. »Ich kenne den Weg. Zum Glück.«

Er lächelte, richtete sich auf und warf einen Blick über die Schulter.

»Jetzt ist nicht mehr so viel Müll übrig.«

Er machte sich wieder daran, Flaschen und Plastikteile einzusammeln, Lina rührte sich nicht von der Stelle und sah ihm zu.

»Ich kann dir helfen«, sagte sie.

Er schüttelte den Kopf, während er Dosen in den Sack zurücklegte.

»Nein.«

Kurz darauf war der Sack schon wieder fast voll.

»Lina!«, hörte man in der Ferne eine Stimme rufen.

Sie sahen beide auf. Anne war aufgestanden, winkte und zeigte auf das Polizeiboot.

»Ich muss … jetzt gehen.«

»Ja. Das musst du«, antwortete er leise. »Ich auch. Der Sack ist voll. Der Boden ist schön sauber. Warte.«

Sie sahen sich an, und er hielt den Sack ausgestreckt vor sich hin, sie dachte, dass er sehr schwer aussah, merkte, dass sich auf dem Stoff etwas bewegte, dann tauchte erneut ein Bild auf.

Spielende Mädchen, helle Kleidungsstücke, Kleider. Ihr fiel sofort ins Auge, dass zwei der Mädchen rote Kleider trugen – sie selbst und Anne, sie liefen, Felsen und Wasser, sie hatten große Schneckenhäuser in den Händen, sie liefen und lachten und waren auf dem Weg zum Wasser, Anne auf dem Stoff drehte sich um und lächelte – Lina starrte sie an, die beiden Mädchen standen jetzt still, als sollten sie fotografiert werden, sie sahen Lina unverwandt an, der Mann hielt den Sack weiter ausgestreckt, sah ebenfalls hin.

»Was denkst du, sehen sie dich?«, sagte er.

Lina konnte nicht antworten.

»Probier es aus«, meinte er, und sie verstand nicht, was er meinte.

»Wink mal«, sagte er.

Sie starrte Anne und Lina auf dem Stoff an, ohne sich zu fürchten. Sachte hob sie die Hand. Die beiden Mädchen lächelten und winkten zurück.

»Hallo«, sagte Lina leise.

»Hallo hallo«, hörte man die Mädchen sagen.

Im Hintergrund sah man auf dem Stoff Boote in einem Hafen, und es waren Leute auf den Felsen und auf der benachbarten Anhöhe.

»Lina!«, hörte man erneut Annes Stimme, die Stimme der anderen, in der Ferne.

Gleichzeitig sah Lina, wie sich die Mädchen auf dem Sack bedächtig schüttelten, zu beiden Seiten umsahen, noch kurz warteten und dann langsam – gleichsam aus dem Stoff herausstiegen, sie traten auf den Felsen vor ihr, wurden größer, bekamen deutlichere Konturen, die eine der beiden, die Lina war, glitt sachte über den flachen Fels, kam ihr immer näher, war Lina plötzlich ganz nah und ging in sie hinein, es bebte, und danach war von der anderen nichts mehr zu sehen, und Lina blickte den Mann an, der bloß nickte und erklärte, das sei nicht schlimm.

Gleichzeitig war zu sehen, wie sich die Anne, die aus dem

Stoff gekommen war, langsam über die Anhöhe bewegte, zum Polizeiboot, Lina verfolgte sie aufmerksam, und dann glitt sie, verschwand sie, glitt sie geradewegs in Anne hinein, war verschwunden und nicht mehr zu sehen.

Es vergingen einige Sekunden, es war still, der Stoff war leer, in ihm die ausbeulenden Flaschen und der Müll.

»Ich mache mich auf den Weg«, sagte der Mann.

Sie sahen sich noch einmal an, ehe er sich umdrehte und langsam über die Felsen ging.

Lina blieb stehen und sah ihn immer kleiner werden. Er ging in Richtung Hafeneinfahrt, der helle Sack, der auf dem Rücken hing, seine Konturen waren scharf, obwohl die Luft sehr dunstig war. Plötzlich einige große Schatten an dem Sack, und sie starrte hin, es sah aus wie zwei durchsichtige Menschen, die rasch deutlicher wurden, sie lösten sich vom Stoff und bewegten sich zu einem Boot hinab, das am Ufer lag, und verschwanden langsam darin.

Der Mann kam an anderen Booten vorbei, weitere Schatten lösten sich vom Stoff, glitten davon, wurden schärfer, schwebten zum Wasser hinab, mehr und mehr, zu Boot auf Boot, es ging immer weiter, Anne rief wieder, Lina blieb stehen und sah einen nach dem anderen aus dem Sack kommen, zum nächsten und nächsten Boot gleiten, so ging es entlang der ganzen Anhöhe weiter, Ein Mensch nach dem anderen trat heraus und verschwand langsam in den Booten, und der Rücken des Mannes und der Sack, der groß und bauchig hing.

»Na schön, zwei Minuten«, sagte der Polizist.

Er hielt ihm das Handy hin, und Johan hob den Zeigefinger und tippte und tippte, und der Polizist wies ihn an, erst eine bestimmte Taste zu drücken, was er dann auch tat, und daraufhin tippte und tippte er.

»Wie gesagt, zwei Minuten.«

»Aber, wo *bist* du?«

Er beantwortete die Frage, sagte, er sehe sie in diesem Moment, sie müsse ihn eigentlich auch sehen können, wenn sie nur genauer hinschauen würde.

»Aber warum, warum sitzt du da?«

Er sagte es ihr, und dass er es nicht wisse, dass er zurückkommen würde, so schnell er könne, am Abend vielleicht.

»Das war nicht weiter schlimm«, sagte er, »was du da gestern getan hast, es spielt keine Rolle, du sollst nicht denken, dass es mir etwas ausmacht.«

Sie erwiderte, dass sie sich frage, was er meine.

Er sagte:

»Ich komme zurück«, und er sagte, und sie antwortete,

Gunnar sei dabei, das Dingi herunterzuholen, dass es schon klappen würde, und er sagte:

»Ich fühle mich seit gestern so verdammt seltsam«, und sie entgegnete etwas über Kaffee, und sie seien im Boot des Dicken eingeschlafen.

»Sie sagen, ich soll meinen Rausch ausschlafen, ich weiß nicht, anscheinend finden sie, dass ich schlafen soll«,

und er sah, dass sie auf dem Felsen stand und gestikulierte, sie winkte schnell dem Boot zu, auf dem er saß, er hörte ihre Stimme im Handy, gab es dem Polizisten, legte seine Hände an die Wangen, der kleine, winzig kleine Lautsprecher in dem schwarzen Plastik, und die Stimme, die weitersprach.

»Es war nichts, ich habe nur ein bisschen mit dem Mann mit der Uhr geredet«, sagte Lina, und Anne war aufgestanden, Katri und ein anderer Polizist standen auf dem Vordeck und warteten, der Mann mit dem Sack war nicht mehr zu sehen, Anne war verschwitzt und hatte Ringe unter den Augen und nahm die Tüte und ihre Kleider, reichte Lina eine Jacke und das Handtuch, und sie gingen ein paar Schritte, und Lina wollte gerade an Bord steigen, aber dann wickelte sich das Handtuch auseinander und *sie*, sie fiel heraus, plumpste auf den Felsen, der schwarzrote Klumpen mit dem weißen Punkt, sie hätte darin liegen bleiben sollen, fiel aber heraus.

»Ja aber, hast du sie etwa nicht *weggeworfen*?«, sagte Anne.

Lina hob die Krabbe auf, atmete durch den Mund.

»Wir können sie doch nicht mitnehmen«, erklärte Anne.

Lina blickte sie an, hielt das Tier weiter fest, spürte, dass die Polizisten zusahen.

»Die stinkt doch – jetzt wirf sie weg, wirf sie ins Wasser«, sagte Anne.

Lina schaute ins Wasser hinab, der Tang, die grünen schlingernden Fäden, die etwas tiefer wuchsen, war sehr müde, ja, stimmt, dachte sie, die Krabbe stank, sie sollte … sie wegwerfen, doch, das sollte sie, es war zu viel Zeit vergangen, und sie konnten sie nicht mitnehmen, nein, sie konnte sie nicht länger behalten, nein, warum sollte sie auch, und die ganzen anderen, die zusahen, und sie hob vorsichtig die Hand und hielt die Krabbe hoch, warf den Arm nach hinten. Die anderen, die ihr unablässig zusahen, der Bootsmotor, der weiter draußen kleine Wirbel im Wasser aufwühlte, und sie blickte zum Himmel hinauf, an dem hoch oben über der Insel Möwen kreisten.

»Nein«, sagte sie. »Nein!«

Sie blieb stehen wie zuvor, das ging nicht, nein, nicht, sie konnten kommen.

»Nein.«

»Aber du *kannst* sie nicht behalten«, sagte Anne.

»Wir müssen jetzt fahren«, erklärte Katri vom Deck aus, und Anne trat zu Lina und nahm ihr die Krabbe ab.

»Nein! Sie muss untergehen«, sagte Lina schnell, »sonst holen die Vögel sie! Du musst sie weit rauswerfen, damit sie tief sinkt!«

Und sie hörte Annes Atemzüge, dass sie so schnell waren, und Anne schaute sie an und nickte, sah trotzdem lieb aus und sagte:

»Okay. Ich werd sie ganz weit rauswerfen«,

und Anne hob den Arm und schaute und schleuderte den dunklen, gespreizten Klumpen, der in einem weiten Bogen durch die Luft schoss und schräg hinter dem Heck ins Wasser schlug, und das war gut, war weit genug, dachte Lina, und sie gingen an Bord auf das heiße Deck, und der Polizist machte schnell das Seil im Bug los, und sie gingen nach hinten, und dann sah Lina, die Krabbe, sie war, ja, sie lag dort:

»Sie treibt ja!«, und sie kontrollierte rasch, ob Vögel am Himmel waren, und der Panzer glänzte, »sie treibt!«

Anne war dicht neben ihr:

»Ja … Sie war schon getrocknet, aber sie geht gleich unter«, und sie hielt Linas Arm, »sie geht unter, sobald sie sich mit Wasser vollgesaugt hat«,

und die Möwen waren noch am Himmel,

»aber wenn sie nun kommen und sie holen!«, sagte Lina, und das Polizeiboot machte eine Art Satz, und die Geschwindigkeit wurde ein wenig erhöht, und die Krabbe begann sich in den Wirbeln hinter ihnen zu drehen, die kleinen Wellen glitzerten, Leute standen in ihren Booten und beobachteten sie, und ein Boot hatte ein anderes Boot am Mast hängen, und das riesengroße Boot mit den ganzen Jungen, und Lina starrte weiter auf den kleinen Panzer, der sachte im Kreis trieb, immer weiter entfernt, »es kommt Wasser unter den Panzer«, erklärte Anne, »und dann geht sie unter«, und die Heckwellen zu beiden Seiten, die Benzin- und Abgasgerüche und Annes Arm um sie, und die Krabbe glänzte immer noch da hinten, und die Möwen, wo waren sie – jetzt kamen sie angeflogen! Sie kreisten über dem Hafen und allen Booten, und Lina schloss die Augen und sah wieder hin, jetzt, jetzt würden sie gleich herabstoßen, sie hatten die Krabbe bestimmt gesehen, aber sie flogen weiter, am Himmel, und es glänzte noch immer auf dem Wasser, ein leuchtender Fleck, wie ein kleines Abzeichen aus Gold, das man um den Hals trug, und Lina starrte weiter.

Sie hatten neben ihrem eigenen Boot angelegt, die Polizisten hatten eine Menge Seile festgemacht, die Boote näher zueinandergezogen und anschließend zurückgesetzt, und dann sah man das Glänzen nicht mehr, aber dann fuhren sie weiter, fuhren eine Kurve, aus dem Hafen hinaus, der Bug ihres Boots zeigte in die gleiche Richtung wie der des Polizeiboots, sie fuhren zunächst langsam und dann immer schneller, die Felshänge der Anhöhen ringsherum, die rosafarbenen und braunen, die vielen Felsen und das Wasser und die Sonne, aber sie drehte sich um und sah es wieder, das Glänzen im Hafen, all das Glitzern in der Nähe und dann immer noch, der kleine Punkt, der aufblitzte, sich bewegte, trieb. Trieb.

Lina stand im Heck und schaute zur Insel zurück, die allmählich immer kleiner wurde, die Reihen der Masten wie dünne Stäbchen im Hafen, und sie musste sich die Hand über die Augen halten, um sie nicht schließen zu müssen, und sie fand, dass die Insel aussah wie eine große graue Decke, die an Fäden vom Himmel herabhing, oder wie die Spitze einer schmutzigen Hand, von der nur ein paar Finger und Knöchel aus dem Wasser ragten, und im gleichen Moment fuhren sie an einem Boot vorbei, das mitten auf dem Wasser lag, und es war lang und hatte einen hohen Mast, der sich teilte, und sie erkannte, welches es war, dass es das Boot von dem Mann war, und sie sah ihn im Bug stehen, und es war eine Menge Wasser zwischen ihnen, aber sie sah, dass er aufblickte und möglicherweise eine Handbewegung in ihre Richtung machte, aber dann begriff sie, dass es ein Segel war, was er dort hatte, und es war riesengroß und wurde plötzlich gehisst, und anschließend ging noch ein Segel hoch und das Boot bewegte sich und der Mann tauchte in der Plicht auf und sie sah zu Anne hoch, die ganz dicht neben ihr stand, und ihr Gesicht war braungebrannt und lang und die halb geschlossenen Augen, aber ihre Arme waren da und Anne sagte, jetzt brauche ich dich doch sicher nicht mehr festhalten.

Der Tag wird kommen,
an dem kein Wind geht,
an dem das Zittergras singt
und die Sonne entschlummert.

Dann werden wir hinausfahren
zu den äußersten Inseln,
lichtumflutet, spiegelleuchtend,
getragen vom Schaum der Brandung

Ebba Lindqvist, »Draußen in den Schären«, Fiskläge 1939

Dumpfe Laute an Deck, mehrere, noch einer, der Rückwärtsgang wurde eingelegt, und wie lange hatte er jetzt gewartet, er rutschte auf dem glatten Sitz und sah hinaus, während das Boot erneut herumschwenkte, und sah einen Vogel, der eigentümlich schräg und den Kopf in einem seltsamen Winkel haltend flog, und das blaugrüne Wasser mit dem hellen Grund, der ab und zu kurz auftauchte, er starrte ein Spiegelbild im Glas an, das die Kajüte und den Beamten zeigte, der neben ihm saß, und die Boote im Hafen, gab es unter ihnen immer noch eins, das ein Dingi im Mast hatte, war es so, und er saß neben dem Polizisten und einem anderen Beamten, der am Fenster saß, und fragte sich, warum er in der Mitte gelandet war, die Sonne schien ihm direkt ins Gesicht, wieder drangen Geräusche vom Deck zu ihm herab, feste Schläge und Stöße gegen den Rumpf, der dröhnende Motor, und das Boot drehte sich in die eine Richtung und dann in die andere und dann noch einmal.

Sie hatten den Hafen verlassen, waren auf dem Weg hinaus, kamen schneller und geradliniger voran, immer weiter hinaus, und er drehte den Kopf und sah die Insel als drei dunkle, scharfe Hügel Seite an Seite in all dem Licht dahinter, und die Masten im Hafen, und in einem von ihnen gab es einen Klumpen, gab es dort noch immer einen Klumpen, und er sah erneut die Spiegelbilder im Glas, sah die Sonne und all das Licht, das sich wie eine dicke Haut aufs Wasser gelegt hatte, und die Sonne am Himmel, und das Fenster, die Sonne, die zwei Horizonte ausbrannte, zu beiden Seiten, er presste den Rücken gegen die Lehne, schluckte, sie fuhren noch schneller, er sah ein großes Segelboot im Wasser vor Anker liegen und er starrte es an und es war lang und schmal und er wusste, da war etwas mit diesem Boot, der Polizist neben ihm saß ganz still, die Augen geschlossen, und das Deck des Segelboots, das leer war, oder doch nicht, da war jemand, und dieser jemand hisste, wollte gerade große weiße Segel hissen, weiße Segel, weiß, er dachte, dass dieses Boot rote hatte, rote haben sollte, und er starrte hin, sie waren jetzt ganz nah, für einen kurzen Augenblick, er wandte den Blick nicht von dem Boot und sah im selben Moment etwas, das gleichsam aus diesem herausfiel oder herauskam, über das Wasser, und es war ein Schatten des Segels, das nun ganz hoch war, ja, dachte er, das Hauptsegel, aber da war noch ein Schatten, da war etwas, das sich weiter bewegte und übers Wasser glitt, ein Reflex von etwas, die Hitze auf dem Wasser, etwas, das verdunstete und aufstieg, er fluchte, sah einen Schatten, der schnell über das Wasser glitt und näher kam, und sie fuhren schnell, der Schatten bewegte sich noch schneller, und er wand sich, versuchte aufzustehen, ein Laut drang aus seinem Mund, der Polizist wachte auf und sagte, er solle sich hinsetzen, das war kein Schatten, sondern etwas anderes, jetzt hatte es sie eingeholt, und er schloss die Augen und sah noch einmal hin, und es war wie ein Bild, das nun ganz nah war, einen

Meter von der Fensterscheibe entfernt, und dann war es verschwunden, plötzlich einfach fort, und er zuckte zusammen, was zum Teufel war denn jetzt das, und von dem Segelboot war nichts mehr zu sehen, es war irgendwo weit rechts, und sie fuhren einen Bogen, und er saß da und spürte, dass ihr Boot bebte und hüpfte, als es sich durchs Wasser pflügte.

Sie saß noch auf der Bank und unablässig wehte der Wind und Anne war weiter bei ihr, aber sie schloss die Augen und der Motor war laut und die Polizisten waren auch irgendwo in der Nähe, und Lina fand das Blau des Himmels jetzt dunkler, aber die Sonne war noch heller als gestern und sie sah auch viel größer aus und es kam ihr vor, als wäre sie geschmolzen und als ergösse sie sich einfach über den Himmel und als tropften Teile von ihr in der Ferne als riesengroße zähe Lichtklumpen aufs Wasser herab, und sie dachte an das Wasser und daran, dass die Krabben, die sich mit Wasser gefüllt hatten, sanken, sie sanken immer tiefer, und an manchen Stellen gab es tatsächlich keinen Meeresgrund, denn das hatte Anne gesagt, und dort sanken sie herab, und die Vögel mochten tauchen können, manche konnten unter Wasser tauchen, auch das hatte Anne gesagt, aber nicht so tief, wie die Krabbe sank, nicht an der Stelle, an der sie sank. Und es gab welche, die hatten keinen Nabel, sie hatten wirklich keinen, und das würde sie Anne erzählen, denn das hatte sie ganz vergessen, ihr zu sagen.

Sie hatte Anne wieder angesehen, doch die hatte ihre Augen noch fester geschlossen, und sie waren noch eine Weile gefahren, und sie hatte geguckt, sich mit der Hand über den Bauch gerieben, und dann wurde es noch ein bisschen schlimmer, eine Menge Inseln und der Wind, wenn das Boot noch schneller fuhr, die Insel war nicht mehr zu sehen, und sie musste jetzt wirklich bald, Katri kam zu ihnen.

»Wenn ihr wollt, dürft ihr auch drinnen sitzen.«

Anne wachte auf, und sie gingen hinein, zu einer anderen Sitzbank in der Nähe des Polizisten am Steuer, das Polster war weich, der Wind schwächer, die Sonne schien einem direkt ins Gesicht, Lina sagte:

»Ich muss aufs Klo.«

Anne antwortete nicht, sah nur vor sich hin, Katri reichte Lina die Hand.

»Komm, ich zeig's dir.«

Sie gingen zu einer Schiebetür, es knallte, als Katri sie aufzog, und dahinter war eine Treppe, Sonnenlicht, das durch die Fenster hereinfiel, dort unten saß ein Polizist auf einer Couch und noch ein Mann, der ein großes Loch in seinem Pullunder hatte, die beiden starrten sie an, die Polizisten nickten einander zu, Katri ging vorbei und öffnete weiter unten eine braune Tür.

»Mit dem Knopf da zieht man ab. Ich warte hier draußen, falls du Hilfe brauchst, okay?«

Lina ging hinein und machte die Tür fest zu, sie nahm viel Papier, noch mehr, nahm Wasser, sie nahm sich noch mehr Papier, sie wischte das Wasser von den Händen und aus dem Gesicht und wusch sich die Hände und drückte den Knopf und schob sich einen großen Ball Papier in die Tasche und sah aus dem Fenster und entdeckte ein weißes Boot, das dicht neben dem Polizeiboot fuhr, und, ach ja, jetzt fiel es ihr wieder ein, das war ja ihr eigenes, und sie stand auf den Zehen und schaute direkt in die Plicht und sah die rote Plastikdose mit den Wäscheklammern, die in dem Fach stand, und die Pinne hatte man so festgezurrt, dass sie geradeaus zeigte, und die Winschen, die leer waren, und die Sitzbänke waren leer und die Schot, die vom Baum herabhing, und das dünne gelbe Seil, an dem Anne immer Knoten übte, und sie drehte sich schnell um und trocknete sich die Hände ab und betrachtete die Tür, atmete durch und drehte dann am Schloss.

Sie trat hinaus, die Polizisten, die guckten, der Mann, und sie wollte die Tür hinter sich schließen, aber es ging nicht, noch einmal, sie drückte die blanke Klinke herunter und strengte sich an, noch einmal, und der Arm, der dadurch gegen die Hose gezogen wurde, das ganze Papier, ein Stück, das hängen blieb und herausfiel, sie bückte sich schnell, hob es auf und sah, dass da noch etwas anderes lag, das ist der Knochen, dachte sie, und sah gleichzeitig den Stofffetzen mit der Blume, auch der lag da, zusammen mit dem Papier, das alles kullerte im Luftzug aus der höher gelegenen Plicht über den Fußboden.

»Oh je, ich helf dir …«, hörte sie Katri hinter sich, und Lina raffte das Papier zusammen, griff schnell nach dem Knochen, legte ihn in die Tasche zurück, aber der Stofflappen rutschte über den Fußboden und sie sah, dass der Polizist und der andere am Tisch hinschauten, hörte, dass der Mann plötzlich ganz laut etwas sagte, aufstand, der Stofffetzen bewegte sich weiter im Luftzug, er sagte: »Der gehört ihr!«, sagte er und streckte den Arm aus, »der da gehört *ihr*!«

Lina machte schnelle Schritte, plötzlich kam ein Windstoß, der durch die Schiebetür gepresst wurde, und der Stofflappen flog auf, wirbelte in der Kajüte hoch, und Katri trat vor und versuchte, ihn zu fangen, und Lina rief: »Der gehört mir!«, der schreiende Mann und der andere Polizist, der ihn festhielt, der Stofffetzen flog herum, und das Sonnenlicht floss ungehindert zwischen die Wände und wieder zu den Fenstern hinaus, und Lina streckte beide Hände aus, er war ganz nah, der Stofflappen, der immer noch frei durch die Kajüte flog, herabsank, hochruckte, schwebte.